هذا الكتاب يخص:

_____

دار جامعة حمد بن خليفة للنشر
صندوق بريد 5825
الدوحة، دولة قطر

www.hbkupress.com

365 Days of WONDERS
First published in the United States by Alfred A. Knopf, an imprint of Random House Children's Books, a division of Penguin Random House. LLC, New York
Knopf, Borzoi Books, and the colophon are registered trademarks of Random House LLC.

Copyright © 2014 by R. J. Palacio
Gracias a la Vida" copyright © 1966 by Violeta Parra"

جميع الحقوق محفوظة.

لا يجوز استخدام أو إعادة طباعة أي جزء من هذا الكتاب بأي طريقة دون الحصول على الموافقة الخطية من الناشر باستثناء حالة الاقتباسات المختصرة التي تتجسد في الدراسات النقدية أو المراجعات.

الطبعة العربية الأولى عام 2020
دار جامعة حمد بن خليفة للنشر

الترقيم الدولي: 9789927141010

تمت الطباعة في الدوحة، قطر.

مكتبة قطر الوطنية بيانات الفهرسة – أثناء – النشر (فان)

بالاسيو، آر. جي، مؤلف.

[365 days of wonders]. Arabic

365 أعجوبة : كتاب إرشادات السيد براون / آر. جي. بالاسيو ؛ ترجمة وليد الأصفر. الطبعة العربية الأولى. – الدوحة : دار جامعة حمد بن خليفة للنشر، 2020.

صفحة ؛ سم

تدمك: 978-992-714-101-0

ترجمة لكتاب: days of wonders 365.

1. الأقوال المأثورة – أعمال للناشئة. أ. الأصفر، وليد، مترجم. ب. ثلاثمائة خمسة وستون أعجوبة. ج. العنوان.

PN6305.P27125 2020

808.882 – dc23

201927501371

٣٦٥ أعجوبة

{ كتاب إرشادات السيد براون }

آر. جي. بالاسيو

ترجمة: وليد الأصفر

دار جامعة حمد بن خليفة للنشر
HAMAD BIN KHALIFA UNIVERSITY PRESS

> إلى أبي
> معلمي الأول

يمتد تأثير المعلم إلى الأبد،
ولا يستطيع أن يحدد هو أين يمكن لتأثيره أن يتوقف.

- هنري آدمز

للأقوال المأثورة أو الحِكَم وزن كبير،
وعندما تكون في متناول يديك قد يقودك بعض المفيد منها
نحو حياة سعيدة أكثر مما قد تحصل عليه
من مجلدات كاملة قد لا نعرف أين نجدها.

- سينيكا

تعاليم

كان اسم والدي توماس براون، وكان اسم والده توماس براون، ولهذا فإن اسمي توماس براون كذلك. ولم أكن أعلم قبل وصولي إلى السنة الأخيرة في الكلية أنه كان هناك توماس براون أكثر شهرة يعيش في إنجلترا خلال القرن السابع عشر. كان السير توماس براون مؤلفًا موهوبًا، وطالبًا في علم الطبيعة، وعالمًا، ومثقفًا، وداعمًا صريحًا للتسامح في وقت كان فيه التعصب هو القاعدة. باختصار، لم أكن لأتمنى لنفسي أفضل من هذا الاسم.

بدأت بقراءة الكثير من أعمال السير توماس براون في الكلية، بما في ذلك «**التحقيقات في كثيرٍ جدًّا من المبادئ الدينية المتلقاة والحقائق الشائعة المفترضة**» وهو الكتاب الذي وُضِع لفضح المعتقدات الزائفة السائدة في تلك الفترة، و«ديانة طبيب» (Religio Medici) وهو عمل يحتوي على عدد من الاستفسارات المتعلقة بالدين المسيحي التي كانت تُعَدُّ غير تقليدية للغاية في ذلك الوقت. وأثناء قراءة هذا الأخير وقعت عيني على هذا السطر الرائع:

نحمل في داخلنا العجائب التي نبحث عنها من حولنا.

أخذني جمال هذا السطر وقوته حتى كدت أتجمد في مكاني لسبب ما. ربما كان هذا تحديدًا هو ما أحتاج سماعه في تلك اللحظة من حياتي، وهو الوقت الذي كنت فيه ممتلئًا بالحيرة حول ما إذا كانت المهنة التي اخترتها لنفسي، أي التدريس، مليئة بما يكفي من «العجب» لأبقى سعيدًا. كتبت ذلك السطر على قصاصة صغيرة من الورق وثَبَّتُّها بشريط لاصق على الجدار، وبقيَتْ هناك إلى أن تخرجت من الكلية. وعندما سافرت مع قوات حفظ السلام حملتها في محفظتي، أما زوجتي فغلفت القصاصة عندما تزوجنا في البلاستيك الشفاف ووضعتها لي في إطار للصور،

وهي معلقة الآن في بهو شقتنا في حي «ذا برونكس» (The Bronx). كان هذا السطر هو الأول في حياتي من بين العديد من الأقوال المأثورة التي بدأت بجمعها في سجل للقصاصات. وقد ضمَّنتها أسطرًا قرأتها في كتب، أو على وريقات داخل كعكات الحظ الصينية، أو في بطاقات مواعظ هولمارك، بل إنني أضفت السطر الإعلاني الخاص بشركة نايكي «فقط افعل ذلك!» (Just do it!) لأني اعتقدت بأنه كان التوجيه المثالي بالنسبة لي. وفي نهاية الأمر يمكن للإلهام أن يأتيك من أي مكان.

قدمت فكرة الأقوال المأثورة لطلابي عندما أصبحت مدرسًا في مدرسة. كنت أواجه صعوبة في جذب انتباه الأطفال نحو الالتحاق بوحدات تعليم كتابة المقالات، وأعتقد أنني كنت قد طلبت منهم كتابة 100 كلمة عن شيء يعني لهم الكثير، فأحضرت لهم -على سبيل المثال- اقتباس توماس براون المغلف ليروا شيئًا يعني الكثير بالنسبة لي. واتضح أنهم كانوا مهتمين باستكشاف معنى الاقتباس نفسه أكثر بكثير من اهتمامهم بقيمته عندي، ومن ثم طلبت منهم أن يكتبوا عن معناه بدلًا مما كنت قد طلبته منهم آنفًا من الكتابة عن قيمته. وقد أدهشني فعلًا ما قدموه لي استجابة لذلك.

ومنذ ذلك الحين، بدأت في استخدام الأقوال المأثورة في صفي الدراسي. ووفقًا لقاموس **ميريام-ويبستر** فإن القول المأثور هو «التوجيه أو المبدأ الذي يُعبِّر عن قاعدة عامة للقيام بعمل ما». أما بالنسبة لطلابي فكنت أُعرِّفه لهم دائمًا بعبارات أبسط، فأقول: الأقوال المأثورة «كلمات نعيش بها (أو في ظلها)». بكل بساطة! وفي بداية كل شهر كنت أكتب قولًا مأثورًا جديدًا على السبورة، فينسخه الطلاب ثم نناقشه؛ ليكتبوا في نهاية الشهر مقالًا حوله. وفي نهاية العام أعطي الأطفال عنوان منزلي، وأطلب منهم أن يرسلوا لي بطاقة بريدية خلال فصل الصيف مع قول مأثور جديد من بنات

أفكارهم، كأن يكون اقتباسًا من شخص مشهور أو قولًا صاغوه بأنفسهم. في العام الأول الذي قمت فيه بذلك كنت أتساءل عما إذا كنت سأظفر ولو على قول مأثور واحد أم لا. لكن المفاجأة ألجمتني مع نهاية الصيف عندما أرسل لي كل طالب في جميع الصفوف أحد هذه الأقوال. ولكم أن تتخيلوا دهشتي الإضافية عندما تكرر ذلك في الصيف التالي. لكن الشيء المختلف في تلك المرة لم يكن فقط أنني استلمت بطاقات بريدية من طلبة تلك السنة فحسب، بل من مجموعة إضافية من طلبة السنة السابقة كذلك!

لقد قمت بالتدريس لعشر سنوات، ومع كتابتي لهذا الكتاب صار لديَّ حوالي ألفين من الأقوال المأثورة. وعندما سمع بذلك السيد توشمان، مدير المرحلة المتوسطة في مدرسة بيتشر الإعدادية، اقترح عليَّ أن أقوم بجمعها وتحويلها إلى كتاب يمكنني مشاركته مع العالم.

أسرتني الفكرة بكل تأكيد، لكن من أين أبدأ؟ كيف أختار الأقوال المأثورة التي يجب أن أضمنها الكتاب؟ قررت حينئذ أن أركز على الموضوعات التي تتميز بصدى خاص لدى لأطفال؛ كالعطف، وقوة الشخصية، والتغلب على الشدائد، أو ببساطة القيام بعمل جيد في العالم. إنني أحب الأقوال المأثورة التي ترتقي بالروح بطريقة ما، وقد اخترت قولًا مأثورًا واحدًا لكل يوم من أيام السنة، وأملي أن يبدأ قارئ هذا الكتاب كلَّ يوم جديد من أيامه مع واحدة من هذه «الكلمات التي نحيا بها».

أنا مسرور لأنني أستطيع مشاركتك أقوالي المأثورة المفضلة خلال هذا الكتاب. فالعديد منها جمعته على مر السنين، وبعضها مما أسهم به الطلاب. وجميعها يعني لي الكثير، وهو ما آمل أن يكون بالنسبة لك-.

- السيد براون

«عَلِّمْهُ ما قيل في الماضي،
حتى يصبح قدوة حسنة للأطفال...
لا أحد يولد حكيمًا».

تعاليم بتاح حتب
2200 قبل الميلاد

يناير

1 يـنـايــر

نحمل في داخلنا العجائب التي نبحث عنها من حولنا.

– السير توماس براون

2 يناير

وفوق ذلك كله، راقب بعينين لامعتين العالم أجمع من حولك، فالأسرار العظيمة غالبًا ما تكون مخبأة في أكثر الأماكن التي لا يمكن توقعها. أولئك الذين لا يؤمنون بالسحر لا يمكنهم أبدًا أن يجدوه.

– رولد دال

3 يناير

هناك ثلاثة أشياء مهمة
في حياة الإنسان:
الأول أن يكون طيبًا،
والثاني أن يكون طيبًا،
والثالث أن يكون طيبًا.

- هنري جيمس

4 يناير

لا يمكن لشخص أن يكون مثل جزيرة منعزلة قائمة بذاتها.

- جون دون

5 يناير

أنا هو ما أنا عليه الآن.

— البحار بوباي (إلزي كرايسلر سيغار)

6 يناير

كل ما تحتاجه
هو الحب.

- جون لينون، وباول مكارثي

7 ينـايـر

أهم يومين في
حياتك هما:
اليوم الذي ولدت فيه،
واليوم الذي اكتشفت
فيه سبب ولادتك.

- مارك توين

8 يناير

في مكان ما، هناك شيء رائع بانتظار أن يُعرف.

– كارل ساغان

9 يناير

أن يكون بإمكان الشخص النظر برضا إلى الماضي، فذلك يعني أن يعيش مرتين.

- خليل جبران

10 يناير

إذا لم تخدمك الرياح، فاعتمد على المجداف.

- مثل لاتيني

11 يناير

لا تقل لي
إن السماء هي السقف،
ما دامت هناك آثار
أقدام على سطح القمر.

— بول براندت

12 يناير

كم هو رائع حقيقةً
ألا يحتاج أحد
إلى الانتظار ولو لدقيقة
واحدة قبل أن يبدأ
بتغيير العالم.

- آن فرانك

13 يناير

مهما طال الليل...
فسيبزغ الفجر.

- مثل أفريقي

14 يناير

من يعرف الآخرين
شخصٌ ذكيٌّ،
أما من يعرف نفسه
فهو شخصٌ بصيرٌ.

- لاو تزو

15 يناير

أفضل طريقة لتحقيق

أحلامك هي أن تستيقظ.

- باول فاليري

16 يناير

كن كما تريد
أن تكون،
لا كما يريد أن يراه
الآخرون.

- غير معروف

17 يــنــايــر

ليس كل من يتجول تائه

- جي آر آر تولكين

18 يناير

اتخذ من الطيبة
أسلوب حياتك اليومي،
وغيِّر بها عالمك.

- آني لينوكس

19 يناير

أنت أشجع مما تعتقد،
وأقوى مما تبدو،
وأذكى مما تتصور.

- كريستوفر روبين (أ. أ. ميلن)

20 يناير

هل أظهر لك
أحد شعورًا طيبًا؟
تبادَلْهُ مع غيرك إذن.

- هنري بيرتون

لا تحلم بشيء،
ولكن حقِّقْهُ.

- الفيلم الغنائي «روكي المرعب»
(The Rocky Horror) Picture Show

22 يناير

ليست المعجزة أن تطير في الهواء أو تسير على الماء، بل المعجزة أن تمشي على الأرض.

– مثل صيني

23 يناير

لا عيب في عدم المعرفة،
بل العيب في إدراك ذلك.

– مثل آشوري

24 يناير

اهتم بمصلحتك أولًا.

- ويليام شكسبير (مسرحية هاملت)

25 يناير

لا يضيع المعروف أبدًا مهما صغر حجمه.

- إيسوب

26 يناير

كن نفسك وليس نسخة مقلدة عن شخص آخر.

- أوسكار وايلد

27 يناير

أينما وجد الإنسان فهناك فرصة للأعمال الطيبة.

- سينيكا

28 يناير

اعرف نفسك.

– عبارة محفورة في معبد كاهنة دلفي

29 يناير

الضحكة هي شعاع الشمس الذي يطرد الشتاء من وجه الإنسان.

- فيكتور هوغو

30 يناير

المستقبل لأولئك الذين يؤمنون بجمال أحلامهم.

– إليانور روزفلت

31 يناير

الصبر لا يتخذ
القرارات،
أنت من
يقوم بذلك!

- دومينيك

صندوق تجارب الفضائل

إليكم سرًّا يا أطفال! يقضي الوالدان وقتًا طويلًا في تعليمكم -وأنتم صغارٌ جدًّا- كيف تكونوا مؤدبين؛ ذلك لأن الواقع العملي يقول إن العالم يكون ألطف مع الأشخاص المهذبين.

فعادة ما نقول لكل منكم «لا تنس أن تقول من فضلك»، و«العب بلطف»، و«قل شكرًا»، فهي جميعها فضائل أساسية. نحن نعلمكم ذلك لأنها جميعا أشياء جديرة بالتعلم، ولأننا نريد أن يحبكم الناس.

ولكن ومع وصولكم إلى المدرسة الإعدادية تبدو أولوياتنا وكأنها تحولت، إذ نقول لكم «**قوموا بعمل جيد في المدرسة. انجحوا. ادرسوا بجد. هل انتهيتم من واجباتكم المنزلية؟**» فهذا كله هو ما نبدأ بالدندنة حوله حينها. وفي وقت ما -أثناء ذلك- نتوقف عن التأكيد على تلك الفضائل الأساسية. ربما لأننا نفترض أنكم قد تعلمتموها مع مرور الوقت، أو ربما لأن لدينا الكثير من الأشياء الأخرى التي نريدكم أن تتعلموها كذلك. أو ربما، ربما فقط، لأن هناك قانونًا غير مكتوب يتعلق بأطفال المدارس المتوسطة ينص على أن: «من الصعب أن تكون لطيفًا». قد يفضل العالم الأطفال المهذبين، ولكن يبدو أن طلاب المدارس المتوسطة الآخرين لا يقدرون ذلك حقًّا. ونحن -أولياء الأمور- حريصون على رؤيتكم يا رفاق وأنتم تتجاوزون هذه السنوات التي تشبه ما مر به الأطفال أبطال فيلم «**أمير الذباب**» (Lord of the Flies)، وغالبًا ما نغض الطرف عن بعض الأمور «**اللئيمة**» التي تمر كأنها أمور عادية.

أنا شخصيًّا لا أقتنع بهذا المفهوم الذي يدعي بأن جميع الأطفال يمرون بما يسمى «**مرحلة اللؤم**»، بل في الواقع أعتقد أن فيه الكثير من الكلام الفارغ، ناهيك عن احتوائه على شيء من الإهانة للأطفال، لاسيما عندما أتحدث إلى الآباء والأمهات الذين يبررون لي الأعمال غير اللطيفة التي يقترفها أطفالهم

بقوله: «ماذا يمكننا أن نفعل؟ الأطفال سيظلون هم الأطفال»، وكل ما أستطيع القيام به هو ألا أخلع عليهم سوار الصداقة.

ودعوني أقول لكم شيئًا: فمع كل الاحترام لكم يا رفاقي، أنا لا أعتقد أنكم دائمًا مزودون بما يلزم لفهم الأمور اعتمادًا على أنفسكم فقط. ففي بعض الأحيان، يكون هناك الكثير من اللؤم غير الضروري الذي قد يحدث أثناء محاولتكم تحديد ماذا يريد أي منكم أن يكون، ومن هم أصدقاؤكم، ومن ليسوا بأصدقائكم.

يقضي الكبار كثيرًا من الوقت هذه الأيام في الحديث عن التنمر في المدارس، ولكن المشكلة الحقيقية ليست واضحة كأن يرمي أحد الأطفال المثلجات في وجه طفل آخر. ناهيك عن العزلة الاجتماعية وعن النكات القاسية، فالأمر يتعلق بالطريقة التي يعامل بها الأطفال بعضهم بعضًا. لقد رأيت بأم عيني كيف يمكن للأصدقاء القدامى أن يتحولوا ضد بعضهم بعضًا؛ إذ يبدو في بعض الأحيان أنه لا يكفيهم أن يذهب كل منهم في طريقه الخاص، بل عليهم عزل رفاقهم القدامى بكل ما تحمله الكلمة من معنى؛ ليثبتوا فقط للأصدقاء الجدد أن هؤلاء لم يعودوا أصدقاءهم. هذا هو الشيء الذي لا يمكنني تقبله. لا بأس بذلك، يمكنكم التوقف عن صداقتكم لهم، لكن كونوا لطفاء بشأن ذلك، كونوا محترمين. هل ما أطلبه هنا كثير؟

لا. لا أعتقد ذلك.

في تمام الساعة 3:10 مساء كل يوم، يتدفق تلاميذي في الصف الخامس خارجين من مدرسة بيتشر الإعدادية في نهاية الدوام. عدد قليل منكم ممن يعيشون بجوار المدرسة يعودون إلى منازلهم مشيًا على الأقدام. وبعضكم الآخر يستقل الحافلة أو المترو، وعلى أي حال، فإن الكثير منكم يعود من المدرسة بصحبة آبائهم أو من يقدمون الرعاية لهم. والنقطة الجوهرية هنا هي

أن معظم الآباء -في كلتا الحالتين- لا يسمحون لأطفالهم بالتجول في أنحاء المدينة دون معرفة مكان وجودهم، وبصحبة من، وماذا يفعلون.

فما السبب وراء ذلك؟ السبب هو أنكم ما زلتم أطفالًا، ومن ثم كيف يمكننا أن ندعكم تتجولون في «البرية» في المنطقة المجهولة خارج مدرستكم الإعدادية دون توجيه ولو بسيط؟ ويُطلب منكم دائمًا التعامل مع العديد من المواقف الاجتماعية كالمشاكل اليومية في غرفة الغداء، وضغط الزملاء، وعلاقات المدرسين. بعضكم يفعل ذلك بشكل جيد اعتمادًا على نفسه بشكل كامل، لكن الآخرين -ودعونا نكون صادقين هنا- لا يفعلون ذلك. إذ لا يزال بعضكم بحاجة إلى القليل من المساعدة في اكتشاف الأمور.

لذا، أيها الأطفال، لا تغضبوا منا إذا ما حاولنا مساعدتكم في هذا الصدد. كونوا صبورين معنا. فمن الصعب دائمًا للوالدين تحقيق التوازن الصحيح بين التدخل المفرط في شؤون الأطفال والتساهل المفرط معهم، ولذا نرجو منكم أن تتحملونا فنحن نحاول مساعدتكم فقط لا غير. وعندما نذكركم بتلك الفضائل القديمة، التي اعتدنا أن نعلمكم إياها في أيام طفولتكم عندما كنتم تلعبون في الرمل، فهذا لأن «اللعب اللطيف» شيء لا يتوقف عند بدء المدرسة الإعدادية. إنه شيء تحتاجون إلى تذكره كل يوم وأنتم تمشون في أروقة المدرسة خلال رحلتكم إلى أن تصبحوا أشخاصًا بالغين.

وحقيقة الأمر أن هناك الكثير من القيم النبيلة الكامنة في نفوسكم، ووظيفتنا -آباء وأمهات ومدرسين ومعلمين- هي رعايتها وإخراجها لتضيء بها حياتكم.

- السيد براون

فبراير

1 فبراير

من الأفضل أن تسأل بعض الأسئلة بدلًا من أن تعرف جميع الإجابات.

- جيمس ثربر

2 فبراير

أتوقع أن أمر في
هذا العالم لمرة واحدة فقط.
لذلك دعوني أقوم الآن
بأي عمل طيب
أو أي تصرف لطيف
يمكنني أن أقدمه إلى أي
من إخوتي في الإنسانية.
دعوني لا أؤجل ذلك
أو أهمله؛ فلن أمر من
هذا الطريق مرة أخرى.

- ستيفن غريليت.

3 فــبرايــر

السعادة الأسمى في الحياة
هي قناعتنا بأننا محبوبون.

– فيكتور هوغو

4 فبراير

أظهر الحب ♥ ولو بمقدار قليل في كل يوم.

– ماديسون

5 فبراير

أعطني مكانًا ثابتًا لأقف عليه وسأحرك لك الأرض.

- أرخميدس

6 فبراير

أنا تعبير عن الإرادة الإلهية.

- أليس ووكر

7 فبراير

إذا شعرت يومًا بالضياع فاجعل قلبك هو البوصلة..

- إيملي

8 فبراير

كل ما يمكنك
تخيله هو
حقيقي.

– بابلو بيكاسو

9 فبراير

إذا تبعت نجمك فلن تضل الطريق إلى مرفئك الآمن.

- دانتي أليغييري

10 فبراير

اكتشف عظمتك!

- ريبيكا

11 فبراير

لدينا جميعًا الجذور نفسها وجميعنا أفرع من الشجرة نفسها.

– آنغ «أفاتار: مسخر الهواء الأخير»
(Avatar: The Last Airbender)

12 فبراير

لن يتعلم الإنسان شيئًا إلا إذا انتقل من المعلوم إلى المجهول.

- كلود بيرنار

13 فبراير

 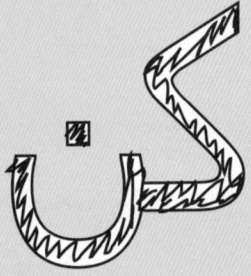

كن جميلاً

- ليندساي

14 فبراير

يجب أن تكون محبوبًا حتى يحبك الناس.

- أوفيد

15 فبراير

الابتسامة هي أقصر مسافة بين شخصين.

- فيكتور بورغ

16 فــــبــرايــــر

الذين يحاولون فعل شيء ثم يفشلون أفضل بكثير من أولئك الذين لا يحاولون فعل شيء ثم ينجحون.

- لويد جونز

17 فبراير

في كل مرة تشرق فيها الشمس،

يبدأ أمل جديد.

- جاك

18 فبراير

الأساس أن تتأثر، أن تحب، أن يكون لديك الأمل، أن ترتجف، أن تعيش.

- أوغست رودان

19 فبراير

إن أعظم مجد
في الحياة لا يكمن
في عدم السقوط أبدًا،
بل في القيام بعد
كل مرة نسقط فيها.

- نيلسون مانديلا

20 فبراير

حيثما تكون،
كن شخصًا جيدًا.

- أبراهام لينكون

لا تطلب مني ألا أطير، إذ عليَّ بكل بساطة أن أقوم ذلك.

– بوب مارلي وجول ستين
أغنية «لا تمطري على موكبي»
(Don’t Rain on My Parade)

22 فــبرايــر

لا تدخل الكلمات الطيبة إلى أعماق الرجال مثلما تفعل السمعة الطيبة ذلك.

- مينكيوس

23 فبراير

العمل الجاد يتفوق على الموهبة عندما لا تعمل الموهبة بِجدٍّ.

- شيريا

24 فبراير

أَبْقِ على شجرة خضراء
في قلبك، فربما يأتيها طائر مغرد.

- مثل صيني

25 فبراير

ليسوا وحدهم أبدًا أولئك المصحوبون بأفكار نبيلة.

– السير فيليب سيدني

26 فبراير

عندما تصل إلى نهاية الحبل، اصنع فيه عقدة وتشبث بها.

- توماس جيفرسون

27 فبراير

ليس المهم
ما يحدث لك،
بل المهم
ردة فعلك تجاهه.

- إبكتيتوس

28 فبراير

اللطف يولِّد المزيد من اللطف.

– سوفوكليس

الشهر الأطول في السنة

أحب إدراج قول مأثور حول الاكتشاف في هذا الوقت من العام. لكن لماذا هذا الوقت من العام؟ ذلك أنه على الرغم من كون شهر فبراير هو الشهر الأقصر، فإنه يُعدُّ أطول فترة زمنية تمر دون أن يقطعها أي حدث يتطلع إليه الناس (عدا عطلة يوم الرئيس). وفي شهر يناير يخرج الطلاب من عطلة أعياد شهر ديسمبر.

ومع تدفق الهدايا والتشويق المصاحب لتساقطات الثلج القليلة الأولى التي تركوها وراءهم، يصدمهم الواقع بحلول 31 يناير بما يأتي: «لن نحصل على إجازة طويلة أخرى قبل عطلة الربيع!» وهذا هو: ركود فبراير.

لقد كنت أجد دائمًا أنه من المفيد جعل طلابي يفكرون في الحدود غير المستكشفة، سواء أكانت حدودًا خيالية أو جغرافية. فأما الأول فيصب بشكل كبير في وحدة الكتابة الإبداعية التي أقدمها لهم. وأما الأخيرة فتتوافق بشكل جيد مع ما يقومون به عادة في دروس التاريخ في هذا الوقت من العام (إما استكشاف الصين القديمة أو اليونان القديمة، اعتمادًا على مدرس التاريخ الخاص بهم).

لقد استعملت في الآونة الأخيرة قول جيمس ثيربر المأثور «من الأفضل أن تسأل بعض الأسئلة بدلًا من أن تعرف جميع الإجابات»، وحصلت بسببه على مقالة مثيرة للاهتمام فعلًا من طالب يدعى جاك ويل.

أحب هذا القول المأثور جدًّا جدًّا، فهو يجعلني أفكر في كل الأشياء التي لا أعرفها، وربما التي لن أعرفها أبدًا. فأنا أقضي الكثير من الوقت الذي أسأل نفسي فيه أسئلة؛ بعضها أسئلة غبية، مثل: لماذا تكون رائحة

البراز سيئة للغاية؟ ولماذا لا يأتي البشر بأشكال وأحجام كثيرة كما هو الحال مع سلالات الكلاب؟ (على سبيل المثال، بما أن كلب الدرواس أكبر بعشرة أضعاف من كلب الشيواوا، فلماذا لا يوجد بشر يبلغ طولهم ستين قدمًا (18 مترًا)؟). لكنني أسأل نفسي أيضًا أسئلة أكبر. من أمثال: لماذا يُكتَب على الناس أن يموتوا؟ ولماذا لا يمكننا فقط طباعة المزيد من المال وإعطاؤه للأشخاص الذين ليس لديهم ما يكفي منه؟

وأشياء من هذا القبيل.

لذا، فإن السؤال الكبير الذي سأطرحه على نفسي كثيرًا هذا العام هو: لماذا نبدو جميعًا على الحالة التي نبدو عليها؟ ولماذا أمتلك صديقًا واحدًا يبدو «عاديًّا» على الرغم من أن صديقي الآخر ليس كذلك؟ هذه هي نوعية الأسئلة التي أعتقد أنني لن أعرف إجابتها أبدًا. لكن طرح هذه الأسئلة على نفسي جعلني أسأل نفسي سؤالًا آخر، وهو: ما «العادي» على أي حال؟

لذا بحثت عنه في oxforddictionaries.com. فوجدت ما يلي:

عادي (صفة): مطابق لمعيار؛ عادي أو معتاد أو متوقع.

وكانت ردة فعلي: «مطابق لمعيار»؟، «عادي؟»،

«معتاد؟»، «متوقع؟» من يريدك أن تكون «متوقعا» على أي حال؟ أليس ذلك سخيفًا؟ لهذا السبب أنا أحب هذا القول المأثور؛ لأنه صحيح. من الأفضل طرح بعض الأسئلة الرائعة حقًّا بدلًا من معرفة الكثير من الإجابات الغبية على أمور غبية. مثل من يهتم بـ «ماذا يساوي x في معادلة غبية ما»؟
الأجوبة من هذا القبيل لا تهم! لكن السؤال «ما العادي؟» يهم! هو مهم لأنه لن يكون هناك إجابة صحيحة له أبدًا. ولا توجد إجابة خاطئة أيضًا. السؤال فقط هو كل ما يهم.

هذا هو السبب في أنني أحب استخدام الأقوال المأثورة في غرفة الصف. فأنت تلقي بها هناك، ولا تعرف أبدًا ما الذي سيعود إليك، وما الذي سيضرب منها على وتر الطفل، أو ما الذي سيجعلهم يفكرون قليلًا بشكل أكثر عمقًا وأكبر قليلًا مما لو كانوا يحاولون الإجابة على سؤال من كتاب فقط. إنها واحدة من أكثر الأشياء التي أحبها حول الأقوال المأثورة؛ فالمشاعر التي يعبرون عنها عادة ما تدور حول أشياء كان البشر يتصارعون معها منذ فجر التاريخ. وإنني أحب أن لو فعل طلاب الصف الخامس الشيء نفسه!

- السيد براون

مارس

1 مــــارس

الكلمات الطيبة لا تكلف الكثير، لكنها في المقابل تحقق الكثير.

– بلايز باسكال

2 مــــارس

لا تَشُكَّ أبدًا في
أن مجموعة صغيرة
من المواطنين الملتزمين
المهتمين بما حولهم
تستطيع أن تغير العالم.
ففي الواقع أن هذا هو الأمر
الوحيد الذي تحقق بالفعل.

- مارغريت ميد

3 مــــارس

بالنسبة لي؛
فإن كل ساعة من النور
أو الظلام هي معجزة،
وكل بوصة من الفضاء
هي كذلك معجزة.

- والت ويتمان

4 مارس

جئتُ إلى الأرض كيفما ينزل الملاك!

– توماس تراهيرني

5 مـــارس

الأبطال الخارقون يُصنَعون، لكنَّ الأبطال الحقيقيين يُولَدون.

- أنتونيو

6 مــــارس

تُعرف الشجرة بثمارها،
ويُعرف الرجل بأفعاله،
ولا يضيع العمل الصالح.
فمن يبذر الاحترام
يحصد الصداقة،
ومن يزرع الطيبة
يجمع الحب.

- القديس باسيل

7 مــــارس

لا تذهب
حيث يأخذك الطريق،
بل اذهب حيث لا طريق
واترك وراءك الأثر.

- رالف والدو إمرسون

8 مارس

الحياةُ تذكرةٌ لمشاهدة
أفضل عرض في العالم.

- مارتن هـ. فيشر

9 مارس

معرفة ما تعرف وما لا تعرف، هي المعرفة الحقيقية.

- كونفوشيوس

10 مــــارس

السعادة ليست مسبقة الصنع، بل هي نتاج لما تقوم به.

- دالاي لاما

أفعل الصواب دائمًا.
سيُرضي هذا البعض
ويدهش الباقين.

- مارك توين

12 مــــارس

ذلك الحب الموجود كله،
هو كل ما نعرفه عن الحب.

- إيميلي ديكنسون

13 مــــارس

إن ما يكمن وراءنا وما يكمن أمامنا ليسا سوى أمور صغيرة مقارنة بما يكمن في داخلنا.

- هنري ستانلي هاسكنز

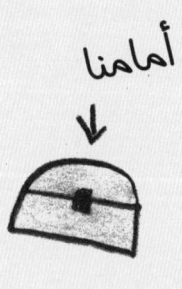
أمامنا

في داخلنا

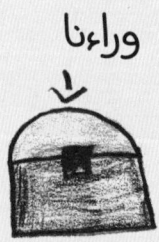
وراءنا

14 مارس

يمكن لشمعة واحدة أن تضيء آلاف الشموع، ولن ينقص ذلك من عمر تلك الشمعة شيئًا. وكذلك السعادة لا تنقص أبدًا إذا ما جرى تقاسمها.

- بوكو دنكو كايوكاي، تعاليم بوذا

15 مــــارس

الجنة على الأرض،
تكون حيث أكون.

- فولتير

16 مارس

في هذا العالم، يحتاج المرء أن يكون جيدًا إلى حدٍّ كبير؛ لكي يبدو جيدًا بما فيه الكفاية.

– بيير كارليه شامبيليان دي ماريفوه

17 مــــارس

الأعمال الجيدة هي
المفصلات غير المرئية
لأبواب الجنة.

- فيكتور هوغو

18 مـــــارس

كن ذلك الشخص
الذي يستطيع
أنْ يبتسم
في أسوأ الأيام

– كيت

19 مــــارس

لا تسبح مع التيار، بل تجرَّأْ واسلك بعض التيارات النهرية السريعة.

- إيزابيل

20 مارس

حيثما يكون الحب تكون البهجة.

- الأم تيريزا

21 مــــارس

الأمل كالشمس

لا يعني وجودها

خلف الغيوم

أنها قد ذهبت،

وكل ما عليك

فعله هو أن تجده.

- ماثيو

أفضل ما لديكِ
يستحوذ
على كل
أوقاتك.

- توماس

23 مـــــارس

ما الحكمة التي يمكن أن تجدها وتكون أعظم من اللطف؟

- جان جاك روسو

24 مارس

يجب على من يرغب
بتحريك الجبال أن يبدأ أولا
بتحريك الحجارة الصغيرة.

- مثل صيني

25 مــــارس

تستطيع القيام بأي شيء.
كل ما تحتاج فعله هو أن

تؤمن

- إلَا (Ella)

26 مارس

كن لطيفًا ما أمكنك ذلك.
وذلك دائمًا ممكن.

- دالاي لاما

27 مــــارس

بمجرد أن تثق بنفسك،
ستعرف كيف تعيش.

- يوهان فولفغانغ فون غوته

28 مارس

يجب أن نجرؤ،
ونجرؤ مرة أخرى،
ونستمر في الجرأة!

- جورج جاك دانتون

29 مــــارس

لن ينطلق طير إلى الارتفاعات الشاهقة إذا كان يحلق معتمدًا على أجنحته الخاصة.

- ويليام بليك

30 مارس

الحياة فن استخدام علبة الألوان كاملةً.

— روباول

31 مارس

الحياة مثل لعبة الملاهي الأفعوانية،

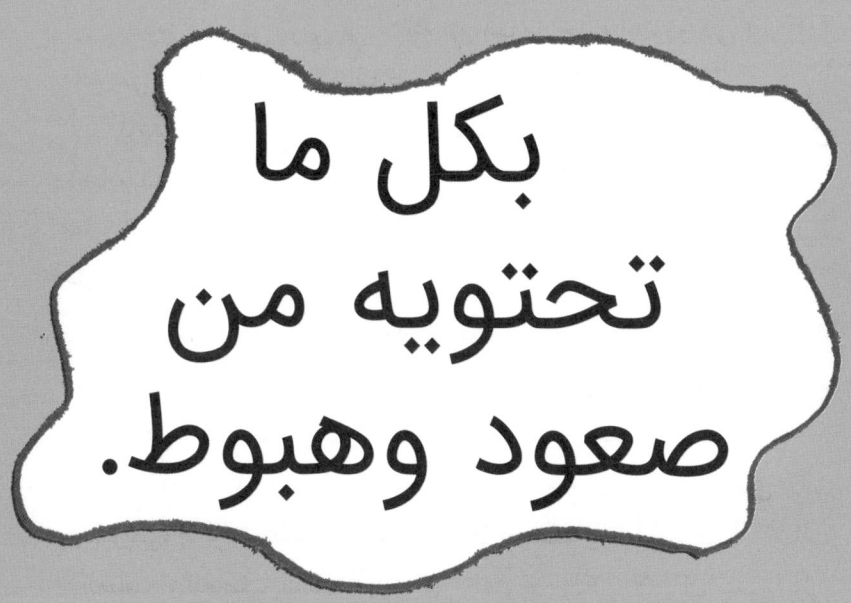

بكل ما تحتويه من صعود وهبوط.

– كايلر

ملعقة من اللطف

عندما كان ابني تومي في الثالثة من عمره، أخذتُه أنا وزوجتي ليلي إلى الفحص الطبي السنوي، وسألَنا طبيب الأطفال عن عاداته الغذائية.

فاعترفنا له قائلين: «إنه يمر بتلك المرحلة التي لا يعجبه فيها سوى أصابع الدجاج المقلية والكربوهيدرات، لذلك فقد توقفنا عن محاولة إجباره على أكل الخضروات في الوقت الحالي. لقد زاد صراعنا معه في كل ليلة حول هذا الأمر».

أومأ طبيب الأطفال برأسه وابتسم ثم قال: «حسنًا، لا يمكنكما أن تجبراه على تناول الخضروات، ولكن مهمتكما هي التأكد من أنها متوافرة على طبقه على الأقل. فلن يستطيع أن يأكلها إن لم تكن على طبقه في الأساس».

لقد فكرت في ذلك كثيرًا على مر السنين. وأفكر فيه عندما يتعلق الأمر بالتدريس، إذ لن يستطيع طلابي تعلم ما لا أدرسهم إياه. أنا أعرف أن اللطف والعطف والتعاطف ليست أجزاء من المنهج، ولكن لا يزال يتعين عليَّ الاستمرار في وضعها على أطباقهم كل يوم. ربما يأكلونها وربما لن يفعلوا ذلك. ولكن وظيفتي -في كلتا الحالتين- هي الاستمرار في تقديمها لهم. إنني آمل أن تجعلهم لقمة من اللطف اليوم يشعرون بالجوع بما يكفي حاجتهم لتذوق قدر أكبر منه في الغد.

- السيد براون

أبريل

كل ما هو
جميل حسن،
ويوشك من هو
حسن بأن يصبح
جميلاً.

- سافو

2 أبريل

هناك دائمًا صباح في مكان ما في العالم.

– ريتشارد هنري هينغيست هورن

3 أبريل

المعرفة في الحقيقة
هي الشمس في عليائها،
تنشر الحياة والقوة
مع إشعاعاتها.

– دانيال وبستر

4 أبريل

ليس هناك سوى اللطف الدائم مما يمكن أن يجعل حياتنا وحياة الآخرين أكثر جمالًا.

- ليو تولستوي

5 أبريل

عش حياتك كما تريد.

- ديلاني

6 أبـــريـــل

كن أنت التغيير
الذي تريد أن تراه
في العالم.

– مهاتما غاندي

7 أبـــريـــل

يمكنك فهم الحياة فقط عندما تنظر إلى الوراء. لكن عليك أن تنظر إلى الأمام لتعيشها.

- سورن كيركغارد

8 أبريل

الجنة تحت أقدامنا مثلما هي فوق رؤوسنا.

- هنري ديفيد ثوريو

9 أبريل

كن نبيلًا، فالنبل من شيم الرجال.
ربما كان في سبات لكنه لم يمت،
وسينهض في أبهة ليلتقي بالنبل فيك.

- جيمس راسل لويل

10 أبريل

لقد كان رجلًا جريئًا ذلك الذي كان أول من أكل المحار.

– جوناثان سويفت

11 أبــريــل

ليست القضية أنك سقطت،
بل القضية فيما إذا كنت
ستنهض أم لا.

- فينس لومباردي

12 أبريـــل

العالم طيب بطبيعته
تجاه أولئك الطيبين بطبيعتهم.

- وليام ميكبيس ثاكيراي

13 أبريل

الكون هو
ما تراه
⭐
أنت
ملامحه

- روري

14 أبريل

الفرق بين العادي وفوق العادي هو «فوق» الإضافية.

- جيمي جونسون

15 أبريل

أنا واحد فقط،

وسأظل واحدًا.

لا أستطيع فعل كل شيء،

لكن سأظل أستطيع فعل شيء ما،

ولأنني لا أستطيع القيام بكل شيء،

فلن أرفض القيام بشيء يمكنني القيام به.

- إدوارد إيفرت هيل

16 أبريل

تستطيع أن تشتكي لأن للورود أشواكًا أو تستطيع أن تبقى ممتنًا لأن لشجيرات الشوك ورودًا.

- الشخصية الكاريكاتورية زيغي (توم ويلسون).

17 أبريل

استخدم الموهبة
التي تمتلكها؛
فالغابة ستبدو صامتة
للغاية إذا لم يغنِّ
من الطيور سوى
تلك التي تجيد الغناء.

- هنري فان دايك

18 أبـــريـــل

الهدف من الحياة هو جعل ضربات القلب تطابق نبضات الكون حتى تتطابق طبيعتك مع «الطبيعة».

- جوزيف كامبل

19 أبــــريـــــل

حتى أكثر الكلاب شراسة تخاف من المكانس الكهربائية.

- أنّا (Anna)

20 أبريل

عليك بأعمال الخير البسيطة؛ فعلى الرغم من أنك قد لا ترى نهايتها، فإنها قد تتسع كموجات تستمر بالتمدد إلى الأبد.

- جوزيف نوريس

21 أبريل

نحب الأشياء التي نحبها لما هي عليه.

- روبرت فروست

22 أبـريـل

المثل العليا كالنجوم، لن تنجح في لمسها بيديك. ولكنك -كما يفعل الملاح المبحر في صحراء من المياه- تختارها لتسترشد بها، وعندما تتبعها تصل إلى مبتغاك.

- كارل شورز

23 أبريل

أنت لا تعيش وحيدًا في هذا العالم.

فإخوتك هنا كذلك.

- ألبرت شفايتزر

24 أبريل

لا أشعر بأي حاجة
لأي إيمان سوى
إيماني بالإنسانية.

- بيرل س. بك

25 أبريل

لقد ازداد طولي اليوم بعد أن مشيت مع الأشجار.

– كارل ويلسون بيكر

26 أبريل

لا يفكر الرجل العظيم مسبقًا
في كلماته التي قد تكون مخلصة،
ولا في تصرفاته التي قد تكون حازمة؛
إنه ببساطة يتكلم ويفعل ما هو صحيح.

- مينسيوس

27 أبريل

أينما كنت فإن أصدقاءك هم من يصنعون عالمك.

- ويليام جيمس

28 أبريل

هناك العديد من الأعمال العظيمة التي تمت خلال النضالات الصغيرة في الحياة.

– فيكتور هوغو

29 أبـــريـــل

لا تنتظر لتعرف
من أنت لتبدأ.

- أوستن كليون

30 أبـريـل

كل منا يرى أن ما لديه هو الأجمل.

- مثل لاتيني

العب بحروفك

كان جدي وجدتي لاعبيْ سكرابل محترفَين (السكرابل لعبة يتنافس فيها اللاعبون على تشكيل كلمات من حروف منفصلة بوضعها على لوح خاص). وكانا يلعبانها كل ليلة طيلة خمسين عامًا على لوحة السكرابل ذاتها، سواء كان معهما أحد أو لم يكن. كانت مبارياتهما هائلة، فقد كانا لاعبين رائعين. والمثير أن جدي المعروف في عائلتنا بعقله الكبير كان يخسر في معظم الأوقات أمام جدتي، وليس ذلك لأن الجدة كانت بنفس مستوى ذكاء الجد. وهو بالمناسبة حاصل على شهادة من جامعة كولومبيا، في حين ظلت جدتي في المنزل لتربي أمي وأخواتها. كان جدي محاميًا، وكانت جدتي ربة منزل. وكان لجدي مكتبة في حين كانت الجدة تحب الكلمات المتقاطعة. كان جدي يكره أن يخسر، في حين «هزمته جدتي شر هزيمة» في تسع من كل عشر مباريات.

سألتُ جدتي في إحدى المرات عن سر فوزها على جدي في معظم الأوقات، فأجابت: «الأمر بسيط. عليك أن تلعب بحروفك فقط».

فأجبتها: «حسنًا يا جدتي، لكن لي حاجة هنا إلى مزيد من الشرح».

فأجابت: «حسنًا، سأشرح لك كيف كنتُ دائمًا أهزم جدك. مشكلته أنه كان يحرص على ما لديه من حروف في لعبة السكرابل أكثر مما يجب، فعندما كان يحصل على حروف جيدة، كان يحتفظ بها على أمل أن تتاح له فرصة وضعها في موقع على اللوحة يحصل بموجبه على ثلاثة أضعاف النقاط، وكان لديه الاستعداد أن يتخطّى دوره في محاولة للحصول على كلمة مكونة من سبعة حروف يحصل بموجبها على مكافأة من خمسين نقطة، أو يقوم بتبديل ما لديه من حروف لعله يحصل على حروف أفضل منها. وهذه ليست طريقة صحيحة للعب».

فقلتُ في محاولة للدفاع عنه: «ربما هذه هي إستراتيجيته في اللعب».

فلوحت بيدها في الهواء منكرة لما قلتُ وأضافت: «بالنسبة لي فأنا ألعب

بما أحصل عليه من حروف فقط، ولا يهمني إذا ما كانت الحروف التي حصلت عليها جيدة أو سيئة. ولا يهمني إذا وضعتها على موقع يمنحني ثلاثة أضعاف النقاط أو لا. وكنت ألعب بغض النظر عما كان لديَّ من حروف، وكنت أستخدمها بأفضل طريقة تتاح لي. هذا هو السبب في أنني دائمًا أهزم جدك».

سألتها: «هل كان يدرك ذلك؟ هل قمتِ بمشاركته بهذا السر في أي وقت؟»

فأجابتني مستنكرة «أي سر؟ لقد كان يشاهدني وأنا العب كل ليلة طيلة خمسين عامًا، فهل تظن أن طريقة لعبي سر؟ العب بما تحصل عليه من حروف. هذا هو سرّي».

وفي وقت لاحق، قلت لجدي: «أخبرتني جدتي أن سبب انتصارها عليك دائمًا في لعبة سكرابل هي أنها تلعب بما تحصل عليه من حروف، أما أنت فتحتفظ بها، فهل فكرت يومًا في تغيير أسلوبك لعلك تفوز عليها بمرات أكثر».

نخزني جدي بإصبعه في صدري قائلًا: «هذا هو الفرق بيني وبين جدتك»، وأضاف «أحب أن أفوز ولكن بشرط أن يكون هذا الفوز جميلًا. وهذا يعني قدرتي على تشكيل كلمات كبيرة وطويلة لم يسمع بها أحد من قبل. هذا هو أنا. أما جدتك، فليس لديها مانع من أن تفوز بأي تشكيلة من الحروف مهما كانت. وأظن أنك تعرف المثل اللاتيني القديم القائل «**كل منا يرى أن ما لديه هو الأجمل**».

«ربما قد يكون هذا صحيحًا يا جدي، لكن الواقع أن جدتي هزمتك شر هزيمة، وأبرحتك ضربًا».

ضحك جدي وقال: «كل منا يرى أن ما لديه هو الأجمل».

– السيد براون

مايو

1 مايو

العب بما لديك!

— الجدة نيلي

2 مــــايــــو

قم بكل ما يمكنك من فعل الخير،
بكل ما يمكنك من وسائل،
وبكل ما يمكنك من الطرق،
وفي كل ما يمكنك من الأماكن،
وأثناء كل ما يمكنك من الأوقات،
ولكل من يمكنك من الناس،
ما دام يمكنك ذلك.

- جون ويزلي

3 مايو

ليس ثمة شيء
أقوى في العالم
من دماثة الخلق.

- هان سوين

4 مايو

عمل واحد من أعمال الخير تتشعب جذوره في كل الاتجاهات، ثم تنمو تلك الجذور لتَنبُت أشجارًا جديدة.

– الأب فابر

الفائزون
لا يستسلمون،
والمستسلمون
لا يفوزون.

- فينس لمومباردي

6 مايو

اعتزَّ بما لديك.

- تشوان تسو

7 مايو

اتبع أحلامك.
قد تكون تلك
رحلة طويلة،
لكن الطريق
أمامك واضحة.

- غرايس

8 مــايــو

ليس الحمل هو
ما يكسر ظهرك، بل الطريقة
التي تحمله بها.

– سي. إس. لويس

9 مايو

على الرغم من أننا نسافر حول العالم للعثور على الجمال، فإن من الواجب علينا أن نحمله معنا وإلا فإننا لن نجده.

- رالف والدو إمرسون

10 مايو

للنسمة في الفجر أسرار تخبرك بها، فلا تعدْ للنوم.

- جلال الدين الرومي

11 مايو

إذا لم تنجح خطتك الأولى فتذكر أن في استطاعتك تجربة خطط أخرى.

- غير معروف

12 مايو

لا يعرف العالم مقدار ما يدين به لأعمال الخير المنتشرة بكثرة في كل مكان.

- ج. ر. ميلر، كتاب «جمال اللطف»
(The Beauty of Kindness)

13 مايو

ليس من الممكن
رؤية أفضل الأشياء
وأجملها في العالم
أو لمسها؛ إنها أمور
يجب أن يشعر بها القلب.

- هيلين كيلر

14 مايو

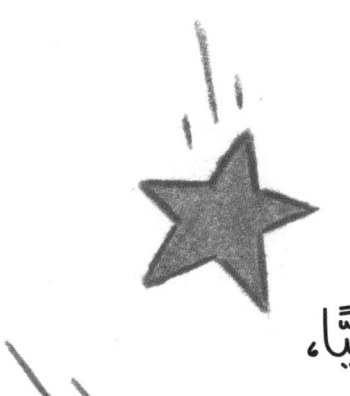

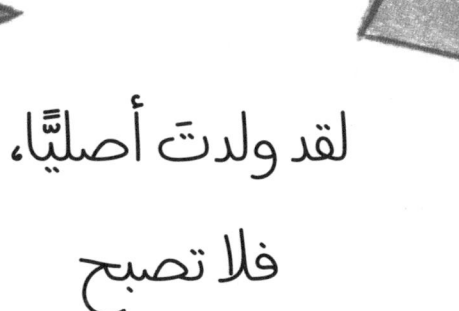

لقد ولدتَ أصليًّا،
فلا تصبح
نسخةً مقلَّدة.

– دستن

15 مايو

اكتشف الأشياء اللامعة، ثم تحرك نحوها

– مايا فارو

16 مايو

إذا أردت
أن تكون محبوبًا حقًّا،
فكن نفسك.

— جافن

17 مايو

إذا لم تأتِ سفينتك، فاسبح أنت إليها.

- جوناثان وينترز

18 مايو

كل ما نقوله هو
«أعطوا السلام فرصة».

- جون لينون

19 مايو

الهدف من الحياة
هو الحياة الهادفة.

- روبرت بيرن

20 مايو

آمن بالحياة!

- و.أي.ب. دو بوا

21 مايو

لك الحرية في أن تحدد اختياراتك، لكنك لن تكون أبدًا في حلٍّ من عواقب هذه الاختيارات.

— سريشتي

22 مايو

الحصول على مليون صديق ليس بمعجزة... إنما المعجزة هي الحصول على ذلك الصديق الذي يستطيع الوقوف معك عندما يكون الملايين ضدك.

- غير معروف

23 مايو

هل قمتُ بشيء غير أناني؟
حسنًا، لقد نلتُ مكافأتي إذن.

– ماركوس أوريليوس

24 مايو

تهب الرياح.
اعشق الرياح!

- فيثاغورس

25 مايو

السعادة الرئيسية للرجل هي أن يكون كما هو.

- ديسيديروس إيراسموس

26 مايو

حوار واحد على مائدة
رجل حكيم تعادل
دراسة الكتب لمدة شهر.

- مثل صيني

27 مايو

أفعالك هي كل
ما يمكنك امتلاكه.

- فلين

28 مايو

كل ما عليك
هو أن تحب الحياة،
وستحبك هي في المقابل.

- مادلين

29 مايو

اللطف لغة يمكن للأصم أن يسمعها وللمكفوف أن يراها.

- مارك توين

30 مايو

أتراه أمرًا هينًا جدًّا
أن تتمتع بالشمس،
وأن تعيش في نور الربيع،
وأن تُحَب، وأن تفكر، وأن تفعل؛
أن تحصل على أصدقاء حقيقيين،
وأن تنتصر على أعدائك
الذين يسببون لك الحيرة؟

- ماثيو أرنولد

31 مايو

تجمُّع المسرات الصغيرة يؤدي إلى سعادة.

– تشارلز بودلير

لاحظت الإجراءات الخاصة بك

بين الحين والآخر يجب أن أذكر طلابي بأنهم غير مخفيين، فأقول لأحدهم «أستطيع أن أراك وأنت تقلب عينيك!»

وعادة ما يعتقدون أن هذا أمر مضحك، وهو كذلك بالفعل. لكنني في الليلة الماضية تذكرت مدى سهولة نسيان الأطفال أن أفعالهم تُلاحظ بالفعل.

فقد كنت أحضر مسرحية لقسم الدراسة الثانوية في مدرسة بيتشر الإعدادية واتخذت مقعدًا بجوار والدة إحدى تلامذتي السابقات، وسأسمي تلميذتي بريانا. كانت فتاة جميلة وذكية عانت من بعض الصعوبات مع مجموعة من الفتيات اللئيمات في المرحلة المتوسطة. كانت بريانا خجولة وذات شخصية صعبة بعض الشيء، حتى أنني فوجئت عندما أخبرتني والدتها أنها تلعب الدور الرئيسي في المسرحية. كانت والدتها فخورة جدًّا! وقالت إن ابنتها خرجت بالفعل من عزلتها في المدرسة الثانوية، ويرجع ذلك إلى حد كبير إلى الاعتراف الذي حصلت عليه بسبب موهبتها في الغناء والتمثيل.

وعندما بدأت المسرحية، وفي اللحظة التي ظهرت فيها بريانا على خشبة المسرح، أدركت ماذا كانت تعني والدتها، فقد ولت تلك الفتاة الصغيرة المحرَجة التي أتذكرها منذ الصف الخامس، واستُبدِل بها سيدة رائدة واثقة بنفسها للغاية، كان من الممكن بسهولة أن يظن من يشاهدها أنها نيكول كيدمان عندما كانت صغيرة. فقلت في نفسي «حسنًا فعلت يا بريانا!». لكن ما أن انتهت بريانا من غناء مقطوعتها الأولى حتى لاحظت تلك الفتيات الثلاث اللاتي اعتدن أن يسخرن منها في المدرسة المتوسطة تجلسن على بعد صفين أمامنا. لم تكمل أي منهن تعليمها (إذ لم يتم قبولهن في المدرسة الثانوية بسبب التزام المدرسة القوي بمكافحة التنمر إلى حد كبير). وفي لحظة ظهور بريانا على خشبة المسرح بدأت الفتيات يضحكن منها ضحكات شبه مكتومة، وهن يتهامسن بعضهن إلى بعض من وراء أيديهن المفتوحة. أنا متأكد أنهم لم

يظنوا أن أحدًا كان يلاحظهم، لكنني استطعت أن أرى من زاوية عيني أن أم بريانا كذلك كانت تشاهد كل شيء بوضوح كما رأيته أنا. لا أستطيع حتى أن أصف تعابير وجهها، فقد كانت مكسورة القلب.

انتظرتُ بريانا لتنتهي من وصلتها المنفردة. وفي اللحظة التي علا فيها التصفيق، انحنيت إلى المقعد في الأمام وربت على كتف إحدى الفتيات. فالتفتت وما أن رأتني حتى ابتسمت، ولكنها بعد ذلك لاحظت تعبيرات وجهي وأنا أقول لها «اخرسي»! وهذا ما لاحظته كذلك الفتاتان الأخريان.

أعتقد أن صدمة رؤية السيد براون، مدرسهن الإنجليزي الدمث، غاضبًا جدًّا، ومستخدمًا لغة لم يسبق له استخدامها معهن من قبل، كان لها تأثيرها المقصود؛ فقد ظللن هادئات كفئران الكنسية حتى بقية الفصل الأول. ثم اختفين بسرعة أثناء فترة الاستراحة ولم يعدن لحضور الفصل الثاني.

ومع الوقت الذي انتهت فيه المسرحية، ووسط التصفيق المدوي كنت قد نسيت تقريبًا تلك الفتيات الغبيات. التفتت إلى والدة بريانا لتهنئتها على أداء ابنتها الرائع حقًّا. كانت تبتسم، ولكن كانت هناك بعض دموع في عينيها. لا أعرف ما إذا كانت دموع الفخر أم أنها من آثار المرارة التي سببتها هؤلاء الفتيات حيث شوَّهن ما كان ينبغي أن تكون ليلة سعيدة تمامًا لها. كل ما أعرفه هو أن ذاكرتي ستبقى متأثرة إلى الأبد بسلوك هؤلاء الفتيات الطائش في تلك الليلة. أنا متأكد من أنهن لم يقصدن أن تراهُنَّ أم بريانا، لكن هذا لا يهم. فأفعالكم أيها الأطفال ستلاحَظ، ولن تُنسى.

– السيد براون

يونيو

1 يونيو

عليك فقط أن تتبع النهار وستصل إلى الشمس!

– فرقة بوليفونيك سبري

2 يونيو

ليس الجهل أن تقول
أنا لا أعرف، بل الجهل
أن تقول لا أريد أن أعرف.

- غير معروف

3 يونيو

ابدأ بفعل
ما هو ضروري،
ثم بما هو ممكن،
وستفعل فجأة
ما هو مستحيل.

- القديس فرنسيس الأسيزي

4 يونيو

لا تقلق على أي شيء،
فكل شيء مهما كان بسيطًا
سيكون على ما يرام.

- بوب مارلي

5 يونيو

شيء من العطر سيبقى متعلقًا
باليد التي تقدم الزهور.

- مثل صيني

6 يونيو

اتبع كل قوس قزح إلى أن تجد حلمك.

- رودجرز وهامرشتاين

7 يونيو

الحياة تتحرك إلى الأمام. وإذا استمررت في النظر إلى الخلف، فلن تتمكن من أن تعرف إلى أين تذهب.

— تشارلز كارول

8 يونيو

الشخص الوحيد الذي يُتوقع أن تصبح إياه هو الشخص الذي تقرر أنت أن تكونه.

- رالف والدو إمرسون

9 يونيو

أحد أسرار الحياة هو أن كل ما يستحق القيام به فعلًا هو ما نقوم به تجاه الآخرين.

- لويس كارول

10 يــونيــو

أنت على حق، سواء كنت تعتقد أنك تستطيع أو تعتقد أنك لا تستطيع.

- هنري فورد

تعثَّرْ سبع مرات،
ثم انهض في الثامنة.

– مثل ياباني

12 يونيو

أجمل شيء يمكن أن نختبره
هو الشيء الغامض،
فهو المصدر الحقيقي
لكل فن وعلم.

- ألبرت أينشتاين

13 يونيو

كن متواضعًا
لأنك من تراب خُلِقْت.
وكن نبيلًا
لأنك من النجوم صُنِعْت.

- مثل صربي

14 يونيو

بطريقة لطيفة،
يمكنك أن تَهُزَّ العالم.

- مهاتما غاندي

15 يونيو

نحن لا نسأل عن الفائدة من غناء الطيور، فالغناء هو متعتهم التي خلقوا لها. وكذلك، لا ينبغي لنا أن نسأل لماذا يجهد العقل البشري نفسه في فهم أسرار السماوات...

– يوهانس كيبلر

16 يونيو

حياتك هي قصتك، فبادر إلى كتابتها.

- كلاير

17 يونيو

حتى لو لم تفز،
فأنصت إلى الصوت
الذي في داخلك
وهو يقول لك:
أنت فائز دائمًا.

- جوش

18 يونيو

عندما نعرف كيف نقرأ قلوبنا،
سنكتسب الحكمة من قلوب الآخرين.

- دنيس ديدرو

19 يونيو

لا تدعني أدعو بأن أحمي نفسي من الأخطار، بل دعني أدعو بألا أخشى مواجهة الأخطار.

– رابندراناث طاغور

20 يونيو

شكرًا للحياة التي منحتني الكثير. لقد أعطتني قوة في قدمي المنهكتين حتى مشيت بهما عبر المدن والمستنقعات، والشواطئ والصحاري، والجبال والسهول...

فيوليتا بارا، أغنية «شكرًا للحياة»
(Gracias ala vida)

21 يـونيـو

الخطر الأكبر بالنسبة لمعظمنا لا يتمثل في أن هدفنا بعيد جدًّا فنفقده، بل في أنه قريب جدًّا يسهل علينا أن نصل إليه.

- مايكل أنجلو بوناروتي

22 يونيو

من يسافر تتراكم لديه قصص ليرويها.

– مثل من التراث الغيلي

23 يونيو

نعثر على الشجاعة في أماكن لا نتوقعها.

- جي آر آر تولكين

24 يونيو

في كل يوم،
وفي كل حال؛
أغدو أفضل
وأفضل.

- إميل كويه

25 يونيو

أبحر في المحيط
حتى لو بقي الآخرون
على الشاطئ

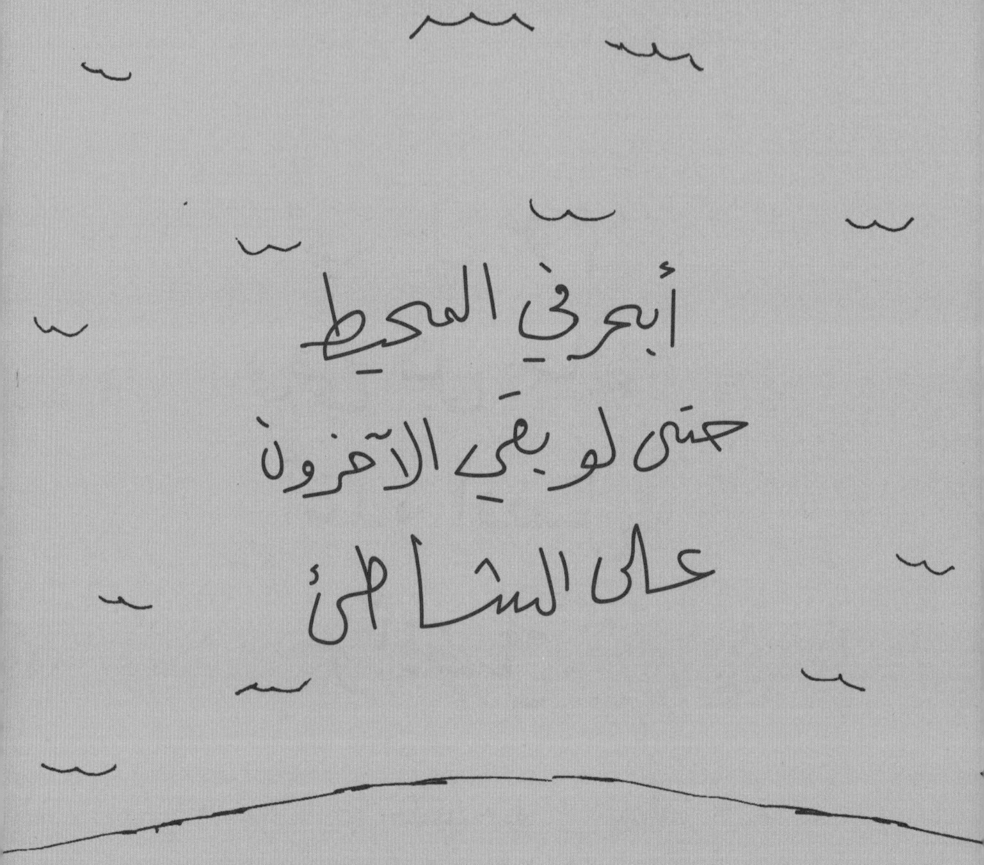

- إيما (Emma)

26 يونيو

الحياة ليست ملوَّنة، بل هي التي تلوِّن ما فيها.

- باكو

27 يونيو

يكمن سر السعادة الحقيقي في الاهتمام الحقيقي بكل تفاصيل الحياة اليومية.

– وليام موريس

كم من الأشياء
ينظر إليها بوصفها
مستحيلة تمامًا
إلى أن يتم
تنفيذها فعلًا!

- بليني الأكبر

29 يونيو

اللطف كالثلج،
يُجمِّل كل ما يغطيه.

- جبران خليل جبران

قد لا يكون
كلُّ يوم عظيمًا،
لكنَّ هناك شيئًا
عظيمًا في كل يوم.
ابحث عن العظمة.

– كاليب

نحن غبار النجوم

يجب أن أعترف، أنا أحب الحصول على البطاقات البريدية التي تحتوي على الأقوال المأثورة في الصيف. بعضها يأتي في بطاقات بريدية حقيقية، في حين يأتي البعض الآخر ضمن أجزاء من رسائل طويلة، كما في الرسالة التالية:

عزيزي السيد براون،

إليك قولي المأثور: «إذا كان بإمكانك التخرج في المدرسة الإعدادية دون إلحاق الأذى بمشاعر أي شخص، فهذا أمر رائع حقًّا».

أتمنى أنك تقضي صيفًا رائعًا جدًّا. لقد ذهبت أنا وأمي لزيارة عائلة أوجي في مونتاوك في الرابع من يوليو! كانت لديهم ألعاب نارية على الشاطئ!

وفوق ذلك كله، كان هناك تلسكوب على سطح منزله! وكنت أصعد كلَّ ليلة لأنظر إلى النجوم! هل سبق أن قلت لك إنني أريد أن أكون عالمة فلك عندما أكبر؟ أنا أعرف كل التجمعات النجمية عن ظهر قلب، وأعرف الكثير عن علم النجوم. فعلى سبيل المثال، هل تعرف من أي شيء صنعت النجوم؟ ربما كنت تعرف لأنك معلم، لكن الكثير من الناس لا يعرفون ذلك. النجم مجرد سحابة عملاقة من غازات الهيدروجين والهيليوم. وعندما يصبح قديمًا، يبدأ بالتقلص مما يؤدي إلى إنتاج كل العناصر الأخرى. ثم إنه عندما تصبح جميع العناصر صغيرة للغاية لا يمكنها الذهاب إلى أي مكان، فتنفجر وتنثر كل غبارها النجمي في الكون! هذا الغبار هو ما يشكل الكواكب والأقمار والجبال وحتى البشر! أليس هذا رائعًا؟ نحن جميعًا مصنوعون من الغبار النجمي!

مع حبي،

سمر داوسون

نعم، أنا بالتأكيد أحب عملي. وما دام هناك أطفال صغار مثل سمر يتطلعون إلى النجوم، فسأكون هناك لأهتف لهم مشجعًا.

– السيد براون

يوليو

1 يوليو

كن لطيفًا بتلقائية، وعليك بالأعمال الجميلة غير المنطقية.

- آن هربرت

2 يوليو

لا تخف من اتخاذ خطوة كبيرة، إذ لا يمكنك عبور هوة بقفزتين صغيرتين.

- ديفيد لويد جورج

3 يوليو

من الأسهل دائمًا على الإنسان أن يقاتل لأجل مبادئه لا أن يعيش لأجلها.

- ألفريد أدلر

4 يوليو

الأعمال العظيمة لا تُنَفَّذ بالقوة ولكن بالمثابرة.

- صمويل جونسون

5 يوليو

اجعل هدفك القمر؛
فإن فاتك، فستكون بين النجوم.

- ليه براون

6 يوليو

لا تقاس الحياة بعدد الأنفاس التي نأخذها، بل باللحظات التي تأخذ أنفاسنا.

- غير معروف

7 يوليو

لا تكمن العظمة في القوة،
بل في الاستخدام الصحيح للقوة.

- هنري وارد بيتشر

8 يوليو

ما رأيكم في أن نضع قاعدة جديدة للحياة -ابتداءً من هذه الليلة- بأن نحاول دائمًا أن نكون أكثر لطفًا مما هو معتاد؟

- ج . م . باري.

9 يوليو

كن نورًا لنفسك.

- بوذا

10 يوليو

هناك زاوية واحدة فقط من الكون، من المؤكد أن بإمكانك تحسينها؛ ألا وهي نفسك.

- ألدوس هكسلي

11 يوليو

في نهاية اللعبة،
تعود البيادق والملوك
إلى الصندوق نفسه.

- مثل إيطالي

12 يوليو

بالنسبة إلى العالم فأنت شخص واحد، لكنك بالنسبة إلى شخص واحد قد تكون أنت **العالم.**

- غير معروف

13 يوليو

لكل منا أبجديته الخاصة التي ينظم بها الشعر.

- إيرفينغ ستون

14 يوليو

إذا كان هناك
ما يمكن أن تكسبه،
فليس هناك ما تفقده.

- ميغيل دي سربانتس

15 يـــوليـــو

الإصرار هو منبه استيقاظ الإرادة البشرية.

- أنتوني روبنز

16 يوليو

غدًا ستشرق الشمس.

- آني (مارتن تشارنين)

17 يــوليــو

استمر بقوة إذا لزم الأمر،
وبسلاسة إذا كان ذلك ممكنًا،
لكنْ استمر!
تَجاوزْ العقبات وفُزْ بالسباق!

– تشارلز ديكنز

18 يوليو

أفضلُ الأشياء في الحياة ليست مجرد أشياء فحسب.

- جيني مور

19 يوليو

غدًا إلى الغابة الريانة، والمراعي الجديدة!

– جون ميلتون

20 يـــولـــيـــو

إذا أردتَ
أنْ تعرف
العالم
فاخرج إليه

- ماي (Mae)

21 يوليو

أنت تفوت 100٪ من اللقطات التي لا تأخذها.

- واين جريتزكي

22 يوليو

تذكر أنه ليس هناك
ما يسمى فعلًا بسيطًا
من اللطف، فكل لطف
يولد موجةً لا نهاية منطقية لها.

– سكوت آدامز

23 يوليو

النجاح
لا يأتي من خلال الدرجات والعلامات أو نقاط التفوق، بل من خلال التجارب التي توسع إيمانك بما هو ممكن.

- ماتيا

24 يوليو

إذا آمنت بأنك تستطيع فقد قطعت نصف الطريق إلى هدفك.

– ثيودور روزفلت

25 يوليو

لم يسمَّ عصر الظلام بذلك لأن الضوء لم يسطع فيه، بل لأن الناس فشلوا في رؤيته.

- جيمس ميشنر

26 يوليو

ليس ثمة ثروة سوى الحياة.

جون راسكين

27 يـــولـيــــو

لن تُعَدّ خاسرًا أبدًا حتى تتوقف عن المحاولة.

- مايك ديتكا

28 يوليو

عد إلى عيون الماء القديمة
لا لتشرب فحسب،
بل لأن الأصدقاء والأحلام
تنتظر لقاءك هناك.

- مثل أفريقي

29 يوليو

إن جمال الشيء الحي لا يعود إلى الذرات التي تدخل في تكوينه، بل إلى الطريقة التي تتجمع بها هذه الذرات.

- كارل ساغان

30 يوليو

أولئك الذين يجلبون نور الشمس إلى حياة الآخرين لا يمكنهم أن يمنعوها عن أنفسهم.

- ج. م. باري

31 يوليو

يجب أن نكون مستعدين لترك الحياة التي خططنا لها، حتى نحصل على الحياة التي تنتظرنا.

- إي. إم. فورستر

بداية جديدة

أحيانًا قد يفاجئك أناس، تظن أنك تعرفهم، ثم يفعلون شيئًا ما يجعلك تدرك تمامًا كم هو صعب فعلًا سبر أغوار قلب الإنسان. لهذا السبب، ولأن قلب أي طفل ما يزال قيد التطوير، فلا يمكن لأحد أن يفاجئك أكثر من الطفل. هذا ما حدث لي خلال عملية تبادل البريد الإلكتروني الأخيرة مع طالب سابق. لم يقض هذا الطفل سنة رائعة في الصف الخامس، وسبب ذلك كان في معظمه من صنع يده هو، إذ كان يتخذ دومًا خيارات سيئة. لقد كان متنمرًا نوعًا ما وانقلب ذلك ضده، كما ينبغي أن يكون الأمر. فقد وجد أن كراهيته المعتمدة على قلة عقل لم تكن عامة كما كان يعتقد، وأنه كان وحده في تحامله المجحف.

ومع ذلك، كنت أظن دائمًا أنه كان هناك شيء ما صغير يتعلق بهذا الصبي، فقد كشفت المقالات الشخصية التي كان يكتبها عن قلب يوحي بإحساسٍ لا يتوافق مع أفعاله. ففي بعض الأحيان، كان من الصعب عليَّ التوفيق بين الصبي الذي يمكن أن يكون مشحونًا بهذا البغض مع الصبي الذي كتب تلك المقالات، لذا فقد احتفظت ببعض الأمل به. وعندما تلقيت رسالة بريد إلكتروني منه خلال فصل الصيف، لم تسعني سعادتي.

To: tbrowne@beecherschool.edu
Fr: julianalbans@ezmail.com
Re: قولي المأثور

مرحبًا سيد براون. لقد أرسلت لك قبل قليل قولًا مأثورًا على بطاقة بريد عادي، ونصه: «من الجيد أحيانًا أن تبدأ من جديد». لقد كتبت هذا القول المأثور لأنني ذاهب إلى مدرسة جديدة في سبتمبر، إذ انتهى بي الأمر إلى كُره مدرسة بيتشر الإعدادية، ولم يعجبني الطلاب، لكنني أعجبت فعلًا

بالمعلمين، كما كان صفك رائعًا. لذلك أرجو ألا تأخذ قراري بعدم العودة بشكل شخصي.

لا أعرف ما إذا كنت تعرف القصة الطويلة بأكملها، لكن السبب الأساسي وراء عدم عودتي إلى بيتشر الإعدادية هو... حسنًا، ولا أريد هنا أن أذكر أسماء، كان بسبب طالب واحد لم أتوافق معه فعلًا. وفي الواقع، أنهما كانا اثنين من الطلاب وليس واحدًا فقط. (ربما يمكنك تخمين هويتهما).

على أي حال، لم يكن هذان الولدان من الأشخاص المفضلين بالنسبة لي في هذا العالم. فقد كنا نتبادل كتابة الملحوظات لبعضنا البعض. أكرر: لبعضنا البعض، فقد كان طريقًا ذا اتجاهين. لكنني كنت الشخص الوحيد الذي واجه مشكلة بسبب ذلك. أنا فقط! وكان ذلك غير عادل بدرجة كبيرة.

الحقيقة هي أن السيد توشمان ألقى بمسؤولية كل شيء عليَّ؛ لأن أمي كانت تحاول طرده. على أي حال، وحتى لا أطيل عليك: تم توقيفي عن الدراسة لمدة أسبوعين لأني كتبت تلك الملحوظات. (على كل حال، لا أحد يعرف هذا فهو سر، لذا يرجى ألا تخبر أحدًا عنه). قالت المدرسة إنها تتبع سياسة «عدم التسامح مطلقًا» مع التنمر. لكنني لا أعتقد أن ما فعلته كان تنمرًا بالفعل.

كان غضب والديَّ كبيرًا على المدرسة، لذا قررا تسجيلي في مدرسة مختلفة العام القادم. هذه هي القصة.

كم كنت أتمنى حقًّا أن هذا «الطالب» لم يأتِ إلى مدرسة بيتشر الإعدادية على الإطلاق، كان من الممكن أن تكون سنتي كلها أفضل بكثير. لقد كرهت أن أكون في الفصول التي درس فيها، فقد صرت أرى الكوابيس بسببه. كان يمكن أن أبقى في بيتشر الإعدادية لو لم يكن هناك. إنه شيء مخيِّب للآمال.

لقد أحببت حقًّا فصلك، فقد كنت معلمًا عظيمًا. وأردتك أن تعرف ذلك.

To: julianalbans@ezmail.com
Fr: tbrowne@beecherschool.edu
Re: Re: قولي المأثور

مرحبًا جوليان. شكرًا جزيلًا على بريدك الإلكتروني، وأنا أتطلع إلى استلام بطاقتك البريدية. أنا آسف لسماع نبأ أنك لن تعود إلى بيتشر الإعدادية، فقد كنت أعتقد دائمًا بأنك طالب عظيم وكاتب موهوب.

وبالمناسبة، لقد أحببت قولك المأثور. وأنا أتفق معك على أنه من الجيد أحيانًا أن نبدأ من جديد. فالبداية الجديدة تعطينا فرصة للتفكير في الماضي، وتقييم الأشياء التي قمنا بها، وتطبيق ما تعلمناه من هذه الأشياء على الطريقة التي نمضي بها قدمًا. إذا لم ندرس الماضي، فلن نتعلم منه.

أما بالنسبة إلى «الأطفال» الذين لم يعجبوك، فلا أعتقد أنني أعرف عمن تتحدث. أنا آسف لأن السنة لم تكن سعيدة بالنسبة لك، ولكني آمل أن تأخذ بعض الوقت لتسأل نفسك عن السبب. فالأشياء التي تحدث لنا، حتى الأشياء السيئة، يمكن أن تعلمنا شيئًا قليلًا عن أنفسنا. هل تساءلت يومًا عن سبب وضعك السيئ مع هذين الطالبين؟ هل كانت صداقتهما هي التي أزعجتك؟ هل انزعجت من المظهر الجسدي لأوجي؟ لقد ذكرت أنك بدأت في رؤية كوابيس. في بعض الأحيان، يمكن للخوف أن يجعل ألطف الأطفال يقولون ويفعلون أشياء قد لا يقولونها أو يفعلونها عادة. ربما يجب عليك استكشاف هذه المشاعر بشكل أكثر.

على أي حال، أتمنى لك حظًا سعيدًا في مدرستك الجديدة يا جوليان. فأنت ولد جيد، وقائد بالفطرة، لكن عليك أن تتذكر أن تستخدم قيادتك للخير، اتفقنا؟

لا تنس: اختر الطيبة دائمًا.

To: tbrowne@beecherschool.edu

Fr: julianalbans@ezmail.com

Re: Re: Re: قولي المأثور

شكرًا جزيلًا على بريدك الإلكتروني، سيد براون. لقد تحسنت مشاعري بفضلك، فقد أفهمتني بشكل صحيح، ثم إنك لا تظن بأنني ولد سيئ، وهو أمر لطيف. لديَّ شعور بأن الجميع يعتقدون بأنني «طفل شيطان»، ومن الجيد أن أعرف أنك لا تملك هذا الشعور.

عندما بدأت في قراءة بريدك الإلكتروني رأتني جدتي وأنا أبتسم فطلبت مني قراءته بصوت عالٍ. جدتي فرنسية، وأنا أقضي الصيف معها في باريس. وهكذا قرأت لها الرسالة ودخلنا بعدها في حوار طويل. جدتي كبيرة في العمر، إلا أنها ما تزال في كامل وعيها. المهم، خمِّن ماذا حصل! لقد اتفقت معك تمامًا! إنها تعتقد أنني ربما كنت لئيمًا نوعًا ما مع أوجي لأنني كنت خائفًا منه قليلًا. وأعتقد بعد أن تحدثت معها حول هذا الموضوع أن كليكما على حق. أما بالنسبة للكوابيس السيئة التي كنت أراها فقد كان ذلك عندما كنت صغيرًا، كانت بمثابة رعب ليلي. على أي حال، لم أشاهد أيًّا منها منذ وقت طويل، لكن في المرة الأولى التي رأيت فيها أوجي في مكتب السيد توشمان، بدأت في رؤيتها مرة أخرى. كان أمرًا مقرفًا. لقد جعلني ذلك في الواقع أكره الذهاب إلى المدرسة لأنني كنت لا أريد أن أرى وجهه مرة أخرى.

أعلم أنني كنت سأقضي عامًا أفضل لو لم يأت أوجي إلى مدرسة بيتشر الإعدادية، لكنني مدرك كذلك أنه ليس مسؤولا عن مظهره. لقد قصت جدتي عليَّ قصة طويلة عن صبي عرفته عندما كانت فتاة صغيرة، وكيف كان الأطفال يتعاملون معه بلؤم شديد. لقد جعلني ذلك أشعر بالأسف الشديد له، وبالسوء تجاه بعض الأشياء التي قلتها لأوجي.

لذلك وعلى أي حال، كتبت رسالة قصيرة لأوجي، لكن ليس لدي عنوانه،

فهل يمكنني إرسالها لك بالبريد لترسلها أنت إليه بدورك؟ لا أعرف كم ستكلف الطوابع لكنني سأدفع لك ثمنها بالكامل. (بالمناسبة رسالتي لطيفة، فلا تقلق).

شكرًا مرة أخرى سيد براون. فعلًا أشكرك.

To: julianalbans@ezmail.com

Fr: tbrowne@beecherschool.edu

Re:أنا فخور

جوليان، لا أستطيع أن أخبرك كم أنا فخور باتخاذك هذه الخطوة الكبيرة، ويشرفني إرسال رسالتك إلى أوجي عبر البريد نيابة عنك عندما تصلني (ولا تشغل نفسك بشأن سداد ثمن الطوابع)، ويبدو أنك تعيش بالفعل وفقًا لقولك المأثور. أحسنت صنعًا يا جوليان.

انظر، الحقيقة أنه ليس من السهل التعامل مع الخوف. في الواقع، إنه أحد أصعب الأشياء التي يجب على البشر مواجهتها. ذلك لأن الخوف ليس أمرًا عقلانيًا. هل تعرف أصل الخوف؟ إنه يعود إلى فجر البشرية.

عندما كنا في مراحلنا الأولى قمنا بتطوير الخوف كآلية للبقاء على قيد الحياة في عالم صعب، نواجه فيه الأفاعي السامة والعناكب، وقططًا ذات أسنان بحجم السيوف بالإضافة إلى الذئاب. وكانت الاستجابة الغريزية للخطر المحتمل تثير الأدرينالين في داخلنا، ومن ثم يمكننا من أن نهرب بشكل أسرع، أو نقاتل بشكل أفضل استجابة لهذا الخطر المتوقع.

إنها غريزة طبيعية للغاية يا جوليان. فالخوف هو أحد الأشياء التي تجعلنا بشرًا.

لكن الشيء الآخر الذي يؤكد بشريتنا هو قدرتنا على التعامل مع الخوف. إن لدينا سمات أخرى نعتمد عليها لتساعدنا في التغلب على

مخاوفنا. كالقدرة على أن نكون شجعانًا رغم خوفنا، والقدرة على الندم، والقدرة على الإحساس، والقدرة على أن نكون طيبين. وتعمل هذه الصفات معًا، جنبًا إلى جنب مع الخوف لنكون أشخاصًا أفضل.

ستكون السنة القادمة سنة رائعة بالنسبة لك يا جوليان. أستطيع أن أشعر بذلك. ولديَّ إيمان عميق بك. كل ما عليك فعله هو أن تعطي الجميع فرصة، وستكون بخير.

حظًّا سعيدًا لك.

في بعض الأحيان، كل ما يحتاجه الطفل هو دفعة بسيطة للحصول على الإلهام. أنا لا أزعم أنني كنت أنا تلك الدفعة، بل أعتقد أنها كانت جدة جوليان الحكيمة.

والنقطة المهمة هنا هي أن لدى الجميع قصة، وأن التحدي مع بعض الأطفال هو التحلي بالصبر الكافي للاستماع إليهم.

- السيد براون

أغسطس

1 أغسطس

هذه هي بداية المعرفة – اكتشاف شيء لا نفهمه.

– فرانك هربرت

2 أغسطس

بعيدًا حيث شعاع الشمس تكمن أعلى طموحاتي. قد لا أتمكن من الوصول إليها، لكنني أستطيع أن أنظر إلى أعلى وأن أرى جمالها وأؤمن بها، وأحاول أن أتعقب ما تقودني إليه.

– لويزا ماي ألكوت

3 أغسطس

كما أن الطاقة الأساسية
في الكون لا تفنى،
فليس ثمة فكر أو عمل دون أثر؛
حاليًّا كان أو مطلقًا،
مرئيًّا كان أو مخفيًّا،
محسوسًا كان أو غير محسوس.

– نورمان كوزينز

4 أغسطس

أنا جزء من كل ما قابلتُه.

- ألفريد، اللورد تينيسون

5 أغسطس

لا تسعَ إلى اتباع خطى الحكماء، بل ابحث عن مبتغاهم.

– ماتسوو باشو

6 أغسطس

الشجاعة
لا تزأر دائمًا،
بل هي أحيانًا
ذلك الصوت الهادئ
الذي يقول
في النهاية:
«سأحاول مرة
أخرى غدًا».

- ماري آن رادماخر

7 أغسطس

كلما تأملت أكثر، زاد حبي أكثر.

- أليس ووكر

8 أغسطس

لا يمكنك أبدًا
عبور المحيط
إلا إذا كانت
لديك الشجاعة
للتوقف عن النظر
إلى الشاطئ.

- أندريه جيد

9 أغسطس

أحد أهم الشروط الأساسية للسعادة هو التسامح غير المحدود.

- أ. سي. فيفيلد

10 أغسطس

لن تحصل على التناغم إذا غنى الجميع على النغمة نفسها.

- دوغ فلويد

11 أغسطس

كن دائمًا على ترقب لوجود العجب!

- إي بي وايت

12 أغسطس

ليس المقصود أن تكون الحياة سهلة يا طفلي، لكنْ استجمع شجاعتك لتسمع ما يأتي: يمكن للحياة أن تكون مبهجة.

- جورج برنارد شو

13 أغسطس

لا أستطيع أن أفعل كل الخير الذي يحتاجه العالم، لكن العالم يحتاج إلى كل الخير الذي يمكنني القيام به.

- جانا ستانفيلد

14 أغسطس

كن
لطيفًا
واستمر!

- غير معروف

15 أغسطس

إن الإنجازات الرائعة للفكر، مثل الروح، تبقى للأبد.

– سالوست

16 أغسطس

الحكيم له ميزة
واحدة: أنه خالد.
إذا لم يكن هذا قرنه،
فهناك قرون أخرى له.

- بالتاسار جراثيان

17 أغسطس

الأشياء التي تجعلني مختلفًا هي الأشياء التي تجعلني **أنا**.

— بيغليت (أ. أ. ميلن)

18 أغسطس

نقيس العقول من خلال مكانتها، لكنه سيكون من الأفضل تقدير ذلك من خلال جمالها.

- جوزيف جوبير

19 أغسطس

يبدو الأمر مستحيلًا دائمًا إلى أن يتحقق.

- نيلسون مانديلا

20 أغسطس

يمكن للرجل الحكيم أن يتعلم من سؤال أحمق، أكثر مما يتعلم الأحمق من إجابة حكيم.

- بروس لي

21 أغسطس

إذا كنت تريد أن تذهب بسرعة،
فاذهب وحدك.
أما إذا كنت تريد أن تذهب بعيدًا،
فاذهب مع غيرك.

- مثل أفريقي

22 أغسطس

قد تمنعك العثرة من السقوط

– مثل إنجليزي

23 أغسطس

كل ما يستحق أن نقوم به
يستحق أن ينفذ بشكل جيد.

– فيليب دورمر ستانهوب

24 أغسطس

تغيب الشمس في كل ليلة، لكنها تعود في كل صباح.

- جون دون

25 أغسطس

المعروف مثل الخَذُوف (Boomerang)، يعود دائمًا إليك.

- غير معروف

26 أغسطس

استمر بالسباحة بغض النظر عن مدى صعوبة التيار.

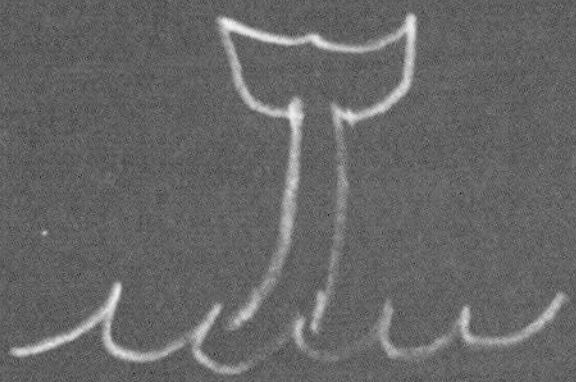

- أفا (Ava)

27 أغسطس

الحكمة أشبه بشجرة الباوباب؛ لا يمكن لشخص واحد أن يتبناها، لكن ذلك ممكن لقبيلة.

– مثل أفريقي

28 أغسطس

لا تحصي الفراشةُ الشهورَ،
بل اللحظات، وهذا هو
ما يكفيها من الوقت.

- رابندراناث طاغور

29 أغسطس

السمعة الطيبة ستبقى إلى الأبد

– مثل أفريقي

30 أغسطس

الحياة لا تحتاج سوى القليل لتحقيق السعادة.

- ماركوس أوريليوس

31 أغسطس

ليس في الطبيعة
شيء غير جميل.

- اللورد ألفريد تينيسون

بَرَق

يمكن أن ينتشر اللطف من شخص إلى آخر مثل البَرَق (Glitter). وكل من أدخل البَرَق في أي مشروع فني في المدرسة يعرف تمامًا عن ماذا أتكلم. إذ لا يمكنك التخلص منه، بل يمكنك تمريره إلى يد شخص آخر بمجرد مصافحته، وتستمر قِطَعُهُ البراقة لعدة أيام. ولكل نقطة صغيرة تجدها منه تشعرك بأن مئات أخرى منها قد اختفت على ما يبدو. ولكن أين ذهبت؟ وماذا حدث لكل هذا البَرَق؟

كان لديَّ في صفي العام الماضي ولد اسمه أوغست، وكان مميزًا جدًّا، وليس ذلك بسبب وجهه. لقد كان هناك شيء ما في روحه التي لا تقهر، فأسرني (وأسر الكثيرين حوله). تحولت السنة إلى نجاح مدوٍّ بالنسبة لأوجي (اسم التدليل لأوغست) وكنت سعيدًا جدًّا بذلك. والآن، لا بد من القول إني لست ساذجًا بما يكفي للاعتقاد بأن نهاية سعيدة للعام الخامس ستضمن له حياة سعيدة، فأنا أعلم أنْ سيكونُ لديه أكثر من نصيبه من التحديات. لكنَّ ما اكتشفته من سنته المنتصرة كان ما يأتي: إن لديه بالفعل ما يحتاجه في داخله لمواجهة تحديات الحياة. سيحيا أوجي حياة جميلة، هذا ما أتوقعه.

وقد تلقيت بريدًا إلكترونيًّا منه في أحد الأيام من النوع الذي يؤيد صحة هذا التوقع.

To: tbrowne@beecherschool.edu

Fr: apullman@beecherschool.edu

Re: البطاقة البريدية

مرحبًا يا سيد براون، لم نتكلم معًا منذ وقت طويل.

أتمنى أنك تقضي صيفًا رائعًا. لقد أرسلت لك قولي المأثور الشهر الماضي، آمل أن يكون قد وصلك. كان عليه صورة سمكة عملاقة من بلدة مونتَوك.

أكتب لأشكرك على إرسالك رسالة جوليان لي في البريد. عجبًا! لم أتوقع ذلك إطلاقًا. عندما فتحت رسالتك قلت ما هذا المغلف الآخر؟ ثم فتحته ورأيت خط اليد، فصحت «غير معقول»، هل عاد جوليان لإرسال رسائله اللئيمة لي مرة أخرى؟ من المحتمل أنك لا تعرف ذلك، لكن جوليان ترك لي بعض الملحوظات المزعجة في خزانتي العام الماضي.

على كل حال، اتضح أن هذه الملحوظة لم تكن ملحوظة دنيئة بل كانت في الواقع اعتذارًا. هل يمكنك تصديق ذلك؟ كانت المغلف مغلقًا، لذلك ربما لم تعرف محتواه، على كل حال هذا ما جاء في الرسالة:

عزيزي أوجي،

أريد أن أعتذر عن الأشياء التي فعلتها العام الماضي، فقد كنت أفكر في ذلك كثيرًا، ولم تكن لتستحق ذلك. أتمنى أن لو كانت هناك إمكانية لإعادة الزمن، سأكون وقتها أكثر لطفًا. وأتمنى عندما تصبح في الثمانين من العمر ألا تتذكر كيف كنت لئيمًا معك.

أتمنى لك حياة جميلة.

- جوليان

ملحوظة: إذا كنت أنت الذي أخبر السيد توشمان حول رسائلي، فلا تقلق فأنا لست مجنونًا.

إنني في حالة من الصدمة تجاه هذه الرسالة. وبالمناسبة، هو مخطئ في ظنه أني أنا الشخص الذي أخبر السيد توشمان. لم أكن أنا (ولا سمر أو جاك). ربما يكون لدى السيد توشمان أقمار تجسس مجهرية تتتبع كل ما نقوم به في المدرسة! ربما كان يراقبني... الآن! إذا كنت تستمع إليَّ يا سيد توشمان، فأنا أتمنى أن يكون صيفك رائعًا. على أي حال، هذا يثبت أنه من المستحيل أن تعرف الناس.

To: apullman@beecherschool.edu
Fr: tbrowne@beecherschool.edu
Re: Re: البطاقة البريدية

مرحبًا أوجي (والسيد توشمان إن كنت تسمعنا). أردت فقط أن أكتب إليك رسالة صغيرة سريعة لأوضح لك كم أنا سعيد لأنك تصالحت بشكل ما مع جوليان. لا يوجد شيء يمكن أن يُعوِّض ما وضعك فيه، ولكن لابد أن تتحلى ببعض الرضا عندما تعلم أنه قد نضج بسببك.
أنت على حق: من المستحيل أن تعرف الناس.
اراك الشهر القادم.

To: tbrowne@beecherschool.edu
Fr: apullman@beecherschool.edu
Re: هل تم الكشف عن الحقيقة؟

نعم، هذا صحيح، من المستحيل أن تعرف الناس. كانت أمي على وشك أن تفقد الوعي عندما أطلعتها على رسالة جوليان، ورددت قائلة «لن تتوقف العجائب

أبدًا». ثم أخبرت جاك فسألني «هل تأكدت فيما إذا كانت البطاقة مسمومة أو لا؟» أنت تعرف كيف يفكر جاك.

بالفعل، لا أعرف ما الذي دفع جوليان إلى كتابة هذا الاعتذار، لكنني أقدر ذلك حقًّا. أما الشيء الوحيد الذي ما زلت لا أعرفه فهو: من أخبر السيد توشمان؟

هل كان ذلك أنت يا سيد براون؟

To: apullman@beecherschool.edu

Fr: tbrowne@beecherschool.edu

Re: Re: هل تم الكشف عن الحقيقة؟

ماذا؟

أقسم أنه لم يكن أنا من أخبر السيد توشمان، إذ لم يكن لديَّ أي فكرة أصلا عن تلك الرسائل

الفظيعة. ربما قد تكون هذه مجرد واحدة من تلك الأمور الغامضة التي لن نجد لها تفسيرًا أبدًا.

To: tbrowne@beecherschool.edu

Fr: apullman@beecherschool.edu

Re: Re: هل تم الكشف عن الحقيقة؟

😜😃😃😃😃

إذن هذا هو الشيء الخاص بالبَرَق: بمجرد خروجه من الزجاجة، لا توجد طريقة لإعادته إليها مرة أخرى. وهو الشيء نفسه مع اللطف. فبمجرد أن يخرج منك، لا توجد وسيلة لاحتوائه. سيستمر في الانتشار من شخص لآخر كشيء مضيء ولامع ورائع.

– السيد براون

سبتمبر

1 سبتمبر

عندما يُعطى لك
حق الاختيار ما بين
أن تكون على حق
أو أن تتحلى بالطيبة،
فاختر الطيبة.

– الدكتور واين و. داير

2 سبتمبر

ابدأ،
وكن جريئًا،
واحرص على
أن تكون حكيمًا.

- هوراس

3 سبتمبر

الرجال الأكثر حكمة يتبعون مسارهم الخاص.

- يوربيديس

4 سبتمبر

ليست الحياة
في أن تجد ذاتك فحسب.
الحياة أن تصنع ذاتك.

- جورج برنارد شو

5 سبتمبر

ليس الجمال في ملامح الوجه. الجمال الحق نور ينبع من القلب.

- خليل جبران

6 سبتمبر

السر في الإنجاز هو التحرك.

- دانتي أليغييري

7 سبتمبر

تقبَّل ما لا يمكنك تغييره.
غيِّر ما لا يمكنك قبوله.

- غير معروف

8 سبتمبر

لا يمكن أن يكون
لديك قوس قزح

دون القليل
من المطر.

- غير معروف

9 سبتمبر

إن عمل المعروف لا يموت أبدًا، بل تمتد موجات تأثيره غير المرئية على مدى قرون.

- الأب فابر

10 سبتمبر

إذا لم يكن هناك كفاح، فلن يكون هناك تقدم.

- فريدريك دوغلاس

11 سبتمبر

كل ساعة من نور
أو ظِلام تُعَدُّ معجزة.

- والت ويتمان

12 سبتمبر

لا تتردد أبدًا في قول الحق،
وإياك إياك أن تستسلم
أو تتخلى عن موقفك.

- بيلا أبزوغ

13 سبتمبر

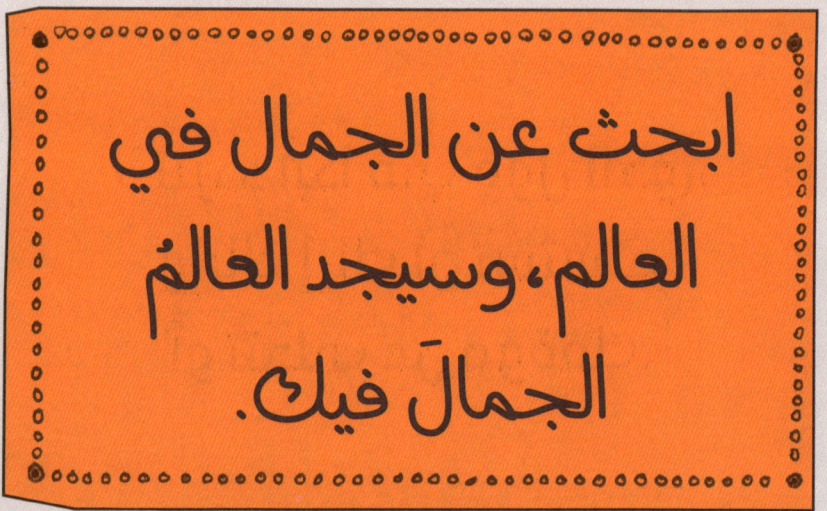

ابحث عن الجمال في العالم، وسيجد العالمُ الجمالَ فيك.

– زوي (Zöe)

14 سبتمبر

في بعض الأحيان، قد يكون الرفض في الحياة هو إعادة توجيه في الواقع.

- تافيس سمايلي

15 سبتمبر

لا أعتقد أن عليك أن تكون أفضل من أي شخص آخر. أعتقد أنه يجب عليك أن تكون أفضل مما كنت تظن نفسك.

- كين فنتوري

16 سبتمبر

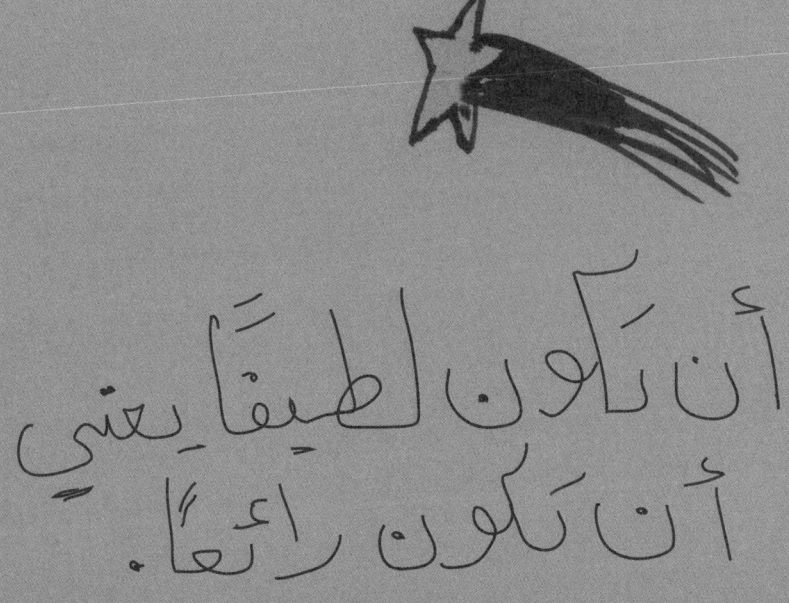

أن تكون لطيفًا يعني أن تكون رائعًا.

- أليكسيس

17 سبتمبر

من الصديق؟
روح واحدة تسكن
في جسدين.

- أرسطو

18 سبتمبر

في بعض الأحيان تكون الأسئلة معقدة ولكن الإجابات تبدو بسيطة.

- دكتور سووس

19 سبتمبر

أنت موصل للضوء.

- السير آرثر كونان دويل

20 سبتمبر

المعرفة هي الحب
والنور والبصيرة.

- هيلين كيلر

21 سبتمبر

الأقوياء لا يحبِطون الآخرين، بل يرفَعونهم إلى الأعلى.

- مايكل ب. واتسون

22 سبتمبر

هذا الذي تواكب أفكارُه
الشمسَ مرونةً وحيويةً،
يبقى يومُه في صباح دائم.

– هنري ديفيد ثوريو

23 سبتمبر

أعتقد أن الكلمة الأخيرة ستكون للحقيقة غير المسلّحة والحب غير المشروط.

- مارتن لوثر كنج الابن

24 سبتمبر

عامل الناس كما تحب أن يعاملوك.

– قول مأثور

25 سبتمبر

لن يحدث شيء
ما لم يكن هناك
حلم في البداية.

- كارل ساندبيرغ

26 سبتمبر

القيام بأفضل ما لديك هو أفضل ما يمكنك القيام به.

- رايلي

27 سبتمبر

اخرج في ضوء الأشياء.
دع الطبيعة تكون معلمتك.

- ويليام وردزورث

28 سبتمبر

آه! إن تقدير الناس لمكانة البعض،
وإسداء المعروف إلى الآخرين،
والتعبير عن المحبة فيما بينهم؛
لهو مما يصنع سعادتهم.

- جيمس فيلا بليك،
الحلقات التليفزيونية «أكثر من كين»

29 سبتمبر

أنت بنفسك نور صغير، تألق مشرقًا ليتمكن الجميع من الرؤية.

- إليزابيث

30 سبتمبر

هناك دائمًا زهور
لأولئك الذين
يريدون أن يروها.

– هنري ماتيس

اختيار الطيبة

لقد اعتقدت دائمًا أن التعليم الجيد يتعلق بالتنوير. ونحن نعلم بالطبع الأشياء التي قد لا يعرفها الأطفال، ولكننا فقط نلقي الضوء في كثير من الأحيان على الأشياء التي يعرفونها بالفعل. هناك الكثير مما يحدث في الصف الخامس؛ كأنْ يعرف الأطفال كيفية القراءة لكني أحاول جعلهم يحبون القراءة أو يعرف الأطفال كيفية الكتابة لكني أحاول إلهامهم للتعبير عن أنفسهم بشكل أفضل. وفي كلتا الحالتين، فإن لديهم المواد التي يحتاجونها داخلهم أصلًا: أنا هنا فقط لإرشادهم قليلًا، ولإلقاء القليل من الضوء كي أنير لهم الطريق.

هذا هو أحد الأسباب التي تجعلني أحب أن أبدأ كل عام بالقول المأثور الذي قاله الدكتور واين و. داير حول «اختيار الطيبة». الأطفال جميعهم جدد في المرحلة المتوسطة، والكثير منهم لا يعرفون بعضهم بعضًا. لذا فإني أفكر في هذا المبدأ كضربة وقائية ضد الكثير مما سيأتي، وتهيئة لنفسياتهم. أغرس فيهم فكرة صغيرة عن الطيبة لتكون موجودة على الأقل، كبذرة مدفونة في داخلهم. هل ستتجذر؟ هل ستزهر؟ من يعرف؟ لكنني -في جميع الأعمال- أكون قد قمت بواجبي.

عندما يعطى لك حق الاختيار ما بين أن تكون على حق أو أن تتحلى بالطيبة، فاختر الطيبة.

- الدكتور واين و. داير

عادة ما يثير هذا الاقتباس بالذات أيامًا من النقاش بعد أن أقدمه للطلاب. كثيرًا ما أبدأ محادثتي حول الأقوال المأثورة من خلال استطلاع عام: هل

تحب هذا القول المأثور؟ هل ينطبق على الطريقة التي تعيش بها في حياتك؟ ماذا يعني في رأيك؟

ثم أبدأ الحديث عن الفوائد الواضحة للقول المأثور. فإذا تبنى الجميع هذا الاقتباس ليكون قولًا مأثورًا شخصيًّا بالنسبة لهم، أسألهم فيما إذا كان العالم سيكون أفضل بسببه؟ تخيلوا لو أن الدول تبنته كمبدأ لها، ألن يكون هناك عدد أقل من الصراعات؟ يوافق بعض الطلبة على ذلك، مضيفين أنه إذا اختارت الدول أن تختار الطيبة بدلًا من أن تصر على أنها على حق، فقد تنتهي مشكلة الجوع في العالم. في حين يجادل آخرون بأن كونك ثريًّا ليس له أي علاقة بأن تكون على حق.

أسأل الطلاب أحيانًا عن مدى صعوبة اختيار التوقف عن الجدال مع أمهاتهم أو آبائهم أو أشقائهم إذا كانوا يعلمون أنهم على صواب وأن الشخص الآخر على خطأ. هل سيتنازلون فقط للسماح للشخص الآخر بحفظ ماء وجهه؟ لماذا نعم؟ ولما لا؟ وفي الغالب فإن هذا الجزء من النقاش يكون حيويًّا جدًّا!

ليس من السهل اختيار أن تكون لطيفًا، فتتراجع عن جدال مع شخص تحبه -كصديق- لأنك ترى أن الهدف من «الفوز» بالجدال لا يكون على حساب مشاعر صديقك. ولكن ماذا لو كنت تؤمن بشيء لا يؤمن به أي شخص آخر؟ ماذا لو كنت الشخص الوحيد الذي يعرف أنك على حق؟ هل يجب أن تتراجع، لتكون فقط شخصًا طيبًا؟ ماذا لو كنت جاليليو وتعلم أنك على صواب عندما تقول إن الكواكب هي التي تدور حول الشمس، على الرغم من أن بقية العالم يعتقدون أنك مجنون، هل كنت ستتراجع؟ ماذا لو كنت تعيش في الخمسينيات من القرن الماضي وكنت ضد التمييز، هل تتراجع فقط لكي تكون مهذبًا؟ ماذا لو كنت تدافع عن شيء تؤمن به، هل ستريد حقًّا أن تتراجع فقط من أجل اللطف؟ لا! كنت ستقف وتقاتل، أليس كذلك؟

كل هذا سيؤدي في كثير من الأحيان إلى تساؤل بعض الأطفال عما إذا كان ذلك القول المأثور جيد حقًّا أو لا. في هذه المرحلة، أقترح عليهم دائمًا أن الكلمات الأكثر أهمية في المبدأ ليست «الطيبة» أو «الحق». ولعل الكلمة الأكثر أهمية في هذه الجملة كلها هي كلمة «الاختيار». لديك الخيار، فماذا ستختار؟

كما قلت، وظيفتي هي أن أزرع الفكرة في عقولكم أيها الأطفال بشكل مبدئي. وبمجرد زرع البذرة، فإن كل ما أحاول القيام به هو الحفاظ على إلقاء بعض الضوء عليها ومشاهدتها وهي تنمو. وبمرور الوقت، ستبدؤون في تسليط الأنوار الخاصة بكم عليها، وبعد ذلك؛ انتبه لنا أيها العالم!

– السيد براون

أكتوبر

1 أكتوبر

أفعالك هي مآثرك التي تتركها من بعدك.

- نقش على قبر فرعوني

2 أكتوبر

لا أثق في المصير الذي قد يلاقيه الرجال ما داموا يعملون، لكنني أثق في المصير الذي قد يلاقونه إن هم لم يعملوا.

- جي. ك. تشيسترتون

3 أكتوبر

أن تكون مع صديق
في الظلام أفضل
من أن تكون وحيدًا في النور.

- جون

4 أكتوبر

ما تفعله كل يوم أهم بكثير مما تفعله بين الحين والآخر.

- غير معروف

5 أكتوبر

لا تبكِ

لأن الأمر انتهى،

بل ابتسم

لأنه حدث.

- دكتور سووس

6 أكـــتـــوبـــر

كن جريئًا بما يكفي لاستخدام صوتك،
وشجاعًا بما يكفي للاستماع إلى قلبك،
وقويًّا بما يكفي لتعيش الحياة
التي كنت تتخيلها دائمًا.

- غير معروف

7 أكتوبر

نادرًا ما تأتي الفرص العظيمة لمساعدة الآخرين، لكن الصغيرة منها تحيط بنا كل يوم.

– سالي كوخ

8 أكتوبر

ادع غيرك إلى التأمل معك.

– أوستن كليون، كتاب «اسرق كالفنان»
(Steal Like an Artist)

9 أكتوبر

اللطف هو السلسلة الذهبية التي يرتبط بها أفراد المجتمع.

- يوهان فولفغانغ فون غوته

10 أكتوبر

إذا كنت لا تستطيع
تغيير مصيرك، فغيِّر سلوكك.

- آمي تان

11 أكـــتــوبــــر

ترفَّعَ عن صغائر الأمور.

- جون بورُوز

12 أكـــتـــوبـــر .

السعادة الداخلية غالبًا ما تَتْبَعُ عملًا طيبًا.

- الأب فابر

13 أكتوبر

أنا لا أطلب
عبئًا أخف،
بل أكتافًا أعرض.

- مثل يهودي

14 أكتوبر

إذا شعرت يومًا بالضياع فاجعل قلبك هو البوصلة.

– دانيال

15 أكتوبر

أَحِبَّ الحقيقةَ، ولكن تجاوزْ عن الخطأ.

- فولتير

16 أكتوبر

ما يُحْدِثُه الليلُ
في داخلنا
قد يترك النجوم.

- فيكتور هوغو

17 أكتوبر

"الوضع العادي" هو أحد إعدادات الغسالة الكهربائية.

- غير معروف

18 أكتوبر

أفضل زاوية يمكن من خلالها التعامل مع أي مشكلة هي زاوية المحاولة.

- غير معروف

19 أكتوبر

لا تختر الشخص
الذي يُجَمِّل العالم في عينيك،
بل الأحرى أن تختار الشخص
الذي يجعل عالمك جميلًا.

- هاري ستايلز

20 أكتوبر

لا تسعَيْ يا روحي،
إلى الحصول على الخلود،
بل استفيدي بأقصى ما
يمكن مما هو في متناول يديك.

- بندار (Pindar)

21 أكتوبر

نحن نجعل عالمنا عظيمًا بشجاعة أسئلتنا وعمق إجاباتنا.

- كارل ساغان

22 أكتوبر

شَكِّل حياتك كما لو كانت حديقة من الأعمال الجميلة.

- غير معروف

كن لطيفًا، فلدى كل شخص تقابله معركةٌ صعبة يخوضها.

- إيان ماكلارين

24 أكـــتـــوبـــر

الروح تعين الجسد، وفي لحظات معينة ترتقي به. إنها الطائر الوحيد الذي يتحمل أن يحمل قفصه معه.

- فيكتور هوغو

25 أكتوبر

لكل شيء عجائبه،
حتى الظلام والصمت.
ومهما تكن حالتي فإنني أتعلم
بأن هناك جوهرًا ما وراء كل شيء.

- هيلين كيلر

26 أكتوبر

لا يرى المرء بحق إلا بالقلب، فالأشياء الأساسية لا تراها العين.

- أنطوان دو سانت إكزوبيري

27 أكتوبر

حتى أحلك الساعات،
لا تزيد عن ستين دقيقة.

- موريس ماندل

28 أكتوبر

العقل هو كل شيء.
وما تظنه عن نفسك
سيكون.

غير معروف

29 أكـــتــــوبـــــر

يمكن للطف الدائم أن يحقق الكثير. فكما تصهر الشمس الجليد، يُذهِب اللطفُ سوءَ الفهم وعدمَ الثقة والعداءَ.

- ألبرت شفايتزر

30 أكتوبر

اكتشف موهبتك، واعمل على رعايتها.

- كاتي بيري

31 أكتوبر

الطريقة المثلى لكي يكون لديك صديق هي أن تكون أنت صديقًا.

- هيو بلاك

عن البابون والبشر

قرأت مقالة قبل بضع سنوات عن اثنين من علماء الأحياء الذين درسوا فرقة من قرود البابون على مدى عشرين سنة. كانت هذه الفرقة بالذات مليئة بذكور البابون العدوانيين الذين كانوا يتنمرون على الإناث وضعاف الذكور في مجموعتهم بشكل روتيني، ويحرمونهم من الوصول إلى مصادر الغذاء. لكن ثبت أن ذلك أمر مفيد بشكل غير متوقع عندما أكل الذكور العدوانيون في يوم من الأيام لحومًا مصابة فماتوا جميعًا، في حين نجا كل من الإناث والذكور الأضعف. وفي غضون فترة قصيرة، اتخذت مجموعة البابون ديناميكية جديدة تمامًا، إذ أصبحوا أقل عدوانية، وأكثر اجتماعية، وأفضل سلوكيًا، وأقل «توترًا» من ذي قبل. والأكثر من ذلك، أن هذه التغييرات استمرت لفترة طويلة حتى بعد أن مات هذا الجيل الأول من البابون «الألطف». كما استوعبت قرود البابون الجدد من الذين انضموا إلى هذه المجموعة السلوكيات الأقل عدوانية ومرروها إلى غيرهم. لقد تجذر انتقال «اللطف» -إذا جاز التعبير- ونما.

لماذا أتحدث إذن عن قرود البابون؟ لا تقلقوا، فهذا ليس لأنني على وشك مقارنة طلاب الصف الخامس بالبابون، لكنني سأقوم بمخاطرة (لا، أنا لا أقصد التورية هنا) وأستخلص هذا الدرس: زمرة صغيرة مهيمنة يمكنها ضبط الاتّجاه العامّ لمجموعة. واسأل أي معلم؛ إذا كنت محظوظًا بما فيه الكفاية لوجود عدد قليل من الأطفال أصحاب الشخصيات المسيطرة في فصلك من الذين يستطيعون ضبط الاتّجاه العامّ بشكل إيجابي خلال العام الدراسي، فستحصل على عام جيد. وعلى العكس من ذلك، إذا ما صادف وكان هناك عدد قليل من الأطفال المهيمنين المصممين على إثارة المشكلات، فقم بربط حزام الأمان واستعد لسنة صعبة.

اتضح في النهاية أن السنة الماضية كانت عامًا رائعًا، وهذا على الرغم من

التصرفات المعتادة لتلاميذ الصف الخامس والتي اشتدت من خلال «الفجوة» بين أوجي وجوليان، والذي انتهى بشكل جيد بالنسبة أوجي، بالإضافة إلى بعض من الدراما بين الفتيات. أما سمر الواثقة من نفسها وبطبيعتها المرحة، فكان لها تأثير كبير. كان لديَّ كذلك طالبة أخرى، هي شارلوت، كانت لطيفة جدًّا. أجرينا أنا وهي في أحد الأيام الحوار التالي من خلال برنامج مستندات جوجل (Google Docs):

مرحبًا سيد براون، أنا أكتب مقالًا لصحيفة المدرسة وأتساءل عما إذا كان بإمكاني إجراء مقابلة معك حول الأقوال المأثورة، آمل أن يكون لديك الوقت لذلك.

مرحبًا شارلوت، سأكون سعيدًا بالمساعدة.

عظيم جدًّا! شكرًا لك. ولكن وقبل كل شيء، هل وصلك قولي المأثور الذي أرسلته لك خلال العطلة الصيفية؟ «لا يكفي أن تتعامل كصديق، بل يجب أن تكون صديقًا بالفعل».

نعم، استلمته. شكرًا لإرساله. أحببته كثيرًا جدًّا.

شكرًا. ربما تتساءل لماذا اخترت هذا القول المأثور.

نعم في الواقع، يدفعني الفضول لمعرفة السبب.

حسنًا، إليك السبب. هل تتذكر عندما فاز أوجي بجائزة بيتشر خلال حفل التخرج؟ أعتقد أن ذلك كان رائعًا جدًّا لأنه كان يستحق التكريم. لكنني أعتقد أيضًا أنه كان يجب تكريم آخرين على ذلك أيضًا، مثل جاك وسمر، فقد كانا صديقين حميمين لأوجي حتى في البداية عندما كان الأطفال يهربون منه.

مهلًا، هذا الجزء من الحوار لن يكون في الجريدة، أليس كذلك؟

لا بالطبع.

كنت أتأكد وحسب، عذرًا على المقاطعة

لا مشكلة. لقد بدأت أفكر كيف أنني لم أتعرف أبدًا على أوجي كما يجب. لقد كنت لطيفة معه، وكنت أقول له مرحبًا في أروقة المدرسة، ولم أكن لئيمة معه أبدًا، لكنني لم أفعل ما كانت تفعله سمر، إذ لم أجلس في وقت الغداء، ولم أدافع عنه أبدًا أمام أصدقائي كما فعل جاك.

لا تكوني قاسية على نفسك يا شارلوت، فقد كنت دائمًا لطيفة جدًّا.

نعم، ولكن «كونك لطيفًا» ليس كما أن «تختار أن تكون طيبًا».

أتفهم وجهة نظرك.

هذا العام، بدأت الجلوس على «طاولة سمر»، أنا، وأوجي، وسمر، وجاك، ومايا، وريد. أعرف أن بعض الأطفال ما زالوا لا يحبون أن يكونوا قرب أوجي، لكن هذه مشكلتهم، أليس كذلك؟

صحيح جدًّا.

على أي حال، أعود إلى مقال الصحيفة، كنت أتساءل ما إذا كان بإمكانك أن تخبر القراء لماذا بدأت في جمع الأقوال المأثورة؟ وما الذي ألهمك؟

أعتقد أن فكرة جمع الأقوال المأثورة جاءتني في البداية عندما كنت في الكلية، ثم اكتشفت كتابات السير توماس براون، أحد رجال القرن السابع عشر من متعددي المهن، ووجدت أن عمله عميق التأثير.

هل أنت جاد؟ كان اسمه توماس براون؟

صدفة لا تصدق، أليس كذلك؟

متى بدأت إذن في تدريس الأقوال المأثورة للأطفال؟

بعد فترة قصيرة من بدء التدريس للطلاب. وفي الواقع، أن من الطريف أن تسأليني هذه الأسئلة؛ لأنني كنت أفكر في وضع كتاب يضم جميع الأقوال المأثورة التي جمعتها على مر السنين، إلى جانب بعض المقالات التي أتطرق فيها لبعض الأسئلة ذاتها التي تسألينني إياها.

حقًّا؟ هذه فكرة رائعة. سأشتري هذا الكتاب بكل تأكيد.

جيد. أنا سعيد أن الفكرة أعجبتك.

أعتقد أن هذ كان كل ما لديَّ من أسئلة. وأنا أتطلع إلى قراءة كتابك عندما يصدر.

شكرًا لك. إلى اللقاء شارلوت.

أكثر ما أحببته في هذا النقاش كان فكرة أن شارلوت نفسها أدركت الأثر العميق للطيبة. بدأت هذه المقالة بقصة حقيقية عن البابون، وانتهت مع قصة فتاة. وفي كلتيهما، كان انتقال العمل الطيب قد ترسخ.

-السيد براون

نوفمبر

١ نـوفمبــر

لا تصاحب إلا من كان ندًّا لك.

- كونفوشيوس

2 نوفمبر

إنه طريق وعر ذلك الذي يؤدي إلى مرتفعات العظمة.

- سينيكا

3 نوفمبر

ليس هناك أحد يجيد كل شيء، ولكن كل واحد يجيد شيئًا ما.

- كلارك

4 نـــوفـمبـــــر

تَعَلَّم من جِراحِك!

- أوبرا وينفري

5 نوفمبر

في اللطف تكمن كل أنواع الحكمة.

- إرنستو ساباتو

6 نوفمبر

لا تجهد نفسك
في السعي إلى الحب،
بل كن أنت الحب.

- هيو براثر

7 نوفمبر

الأصدقاء الأوفياء كالنجوم؛
قد لا تراها دومًا،
لكنك تعلم أنها موجودة.

- غير معروف

8 نـــوفـمبـــــر

عندما تعطيك الحياة الليمون، فاصنع عصير البرتقال. كن متميزاً.

– ج. ج. (J.J.)

9 نوفمبر

إذا لم تطرق الفرصة بابك فاصنع بابًا.

ميلتون بيرل

10 نوفمبر

أيها العالم،
أنا في تناغم مع كل نغمات
إيقاعك العظيم.

– ماركوس أوريليوس

11 نوفمبر

ديني بسيط جدًّا،
ديني هو اللطف.

- الدالاي لاما

12 نوفمبر

في هذا اليوم،
املأ كوب حياتك
بأشعة الشمس
وبالضحك.

- دودينسكي

13 نـوفمبــر

الحياة مثل الإبحار،
يمكنك الاعتماد على أي ريح
لتذهب في أي اتجاه.

- روبرت برولت

14 نـوفمبــر

إذا كنت محظوظًا
بما فيه الكفاية
لتكون مختلفًا،
فلا تتغير أبدًا.

- تايلور سويفت

15 نـوفمبــر

أن تكون لطيفًا فلن يكلفك ذلك شيئًا.

- هاري ستايلز

16 نوفمبر

تحتاج ثلاثة أشياء للنجاح في الحياة: حظًّا طيبًا، وظهرًا تستند إليه، ووجهًا بشوشًا.

- ريبا ماكنتاير

17 نوفمبر

إن تكريس الفكر
لتحقيق إنجاز صادق لهو مما يجعل
تحقيق ذلك الإنجاز ممكنًا.

- ماري بيكر إيدي

18 نوفمبر

عندما تعيش أفضل حالاتك، فإنك تلهم الآخرين أن يعيشوا أفضل حالاتهم.

– ستيف مارابولي

سعادة الحياة تصنعها جزيئات صغيرة
من تلك الهِبات البسيطة التي سريعًا
ما تُنسى؛ كالقَبلة، أو الابتسامة، أو النظرة
الحانية، أو المجاملة التي تخرج
من القلب، بالإضافة إلى عدد لا حصر له
من مشاعر الود الفياضة.

– صامويل تايلور كولريدج

20 نوفمبر

إذا كنت لا تعرف،
فعليك أن تسأل.

- هايلي

21 نوفمبر

أن تحب شخصًا آخر هو طريق إلى معرفة الرب ورؤية وجهه.

المسرحية الموسيقية «البؤساء» (Les Misérables)، ألان بوبليل.

22 نوفمبر

يمكن للطيبة أن تكون
هي الدافع نحو مزيد منها.
فنحن نصبح طيبين عندما
نكون طيبين بالفعل.

– إريك هوفر

23 نوفمبر

ما يحتاجه
هذا العالم
هو نوع جديد
من الجيوش؛
إنه جيش الطيبين.

- كليفلاند أموري

24 نوفمبر

فلنكن ممتنين لأولئك الذين يسعدوننا، فهم البستانيون الرائعون الذين تزهر بهم حدائق أرواحنا.

– مارسيل بروس

25 نوفمبر

أما الأغنية، فمن بدايتها إلى نهايتها، وجدتها مرة أخرى في قلب صديق.

– هنري وادزورث لونغفيلو

26 نــوفمبــر

السعادة عطر لا يمكنك
أن تُضَمِّخ به الآخرين
دون أن تصيبك بضع قطراته.

- غير معروف

27 نوفمبر

يمكن للأعمال الصالحة أن تقودك إلى أعمال صالحة أخرى، وهي بدورها قد تؤدي إلى مزيد من الأعمال الصالحة التي يمكن أن تعود إليك في النهاية.

– نيكولاس

28 نوفمبر

ليس ثمة طرق مختصرة تؤدي إلى أي مكان جدير بالذهاب إليه.

- بيفرلي سيلز

29 نوفمبر

عندما يحل الظلام،

كن أنت من يشعل الضوء!

- جوزيف

30 نوفمبر

الشخصيات المهمة ليست سوى شخصيات صغيرة تستمر في العمل على أن تكون مهمة.

– كريستوفر مورلي

أبطال

ارتدى أحد تلاميذي زي فرودو (أحد شخصيات قصة سيد الخواتم) في عيد الهالوين الشهر الماضي، مما دفعني إلى إطلاق الملاحظة المرتجلة التالية: «أنا أحب فرودو، ولكن دعنا نواجه الأمر، أنا أرى أن ساموايز كامكي هو أعظم بطل في الأرض الوسطى (Middle-earth)».

حسنًا، قد تظن أنني قلت للتو إننا انتهينا من موضوع الهالوين أو ما شابه، ولكن ليس ذلك حسب عدد الأصوات المعترضة وعبارات «لا يمكن!» التي حصلت عليها. ولكن لا أتذكر متى كانت آخر مرة أثارت فيها إحدى عباراتي الكثير من الجدل في الفصل الدراسي كهذه المرة! وعلى الرغم من أن الفصل كان منقسمًا بشكل متساوٍ بين شخصيتي أراغورن وفرودو لتحديد أعظم بطل -مع وجود بعض المعجبين بغاندالف- لم يتفق معي أي شخص على ساموايز.

لذا حاولت أن أتوسع في تفكيري المجنون، فذكَّرتهم بأن سام كان رفيقًا مخلصًا لفرودو في السراء والضراء، وفي جميع تلك الأوقات التي كان فيها فرودو على وشك الاستسلام، ساعده سام على الاستمرار. وعندما لم يعد بإمكان فرودو أن يحمل الخاتم، حمل سام فرودو على ظهره عبر السهول المقفرة لموردور. وعندما ظن سام أن فرودو قد مات، أخذ الخاتم بنفسه وانطلق ليدمره. وعندما بدأ الخاتم بالعمل على إغرائه، كان سام أحد المخلوقات القليلة في كل الأرض الوسطى التي استطاعت مقاومة الإغراء. قلت للأطفال إن هذا يثبت أن سام يقف كمثال ساطع على الفضائل الأربع. ففي العصور القديمة الكلاسيكية، كان يُعتقد أنه ينبغي على الشخص العظيم حقًّا، أن يتمتع بالفضائل الأربع التالية:

الحكمة: أي التعقل، الذي يأتي من تراكم الخبرة، أو القدرة على الاستجابة بشكل مناسب لأي موقف معين.

العدالة: القدرة على القتال من أجل ما هو صواب. وهي الإرادة الدائمة والثابتة لتقديم الحق لكل شخص.

الشجاعة: القدرة على مواجهة الخوف وعدم اليقين والتخويف.

ضبط النفس: القدرة على ممارسة الاعتدال حتى عند إغراء الاستسلام للمصلحة أو الرغبة الذاتية. والاعتدال هو فن التحكم بالنفس.

قلت لطلابي إن ساموايز كامكي مثال على كل تلك الفضائل. لكنهم أشاروا إلى أنه

لم يكن حكيمًا بشكل خاص، وهو ما اضطرني للموافقة على ما يقولون. ثم قالوا إنه لم يعش حقًّا من أجل العدالة، وكان عليَّ أن أتنازل عن هذه النقطة كذلك. وفي النهاية، قررنا مجتمعين على أن سام يتحلى بضبط النفس، فهو لم يستسلم أبدًا لرغباته الخاصة، كما أن تفكيره لم يكن قائمًا على الأمنيات، بل وقف بسرعة وحزم لمساعدة أصدقائه.

فسألت الطلاب «مَن مِن الأبطال الخياليين الآخرين إذن يمكن اعتباره بأنه يمثل الفضائل الأخرى؟». وهنا بدأت المتعة! إذ أعطيتهم بضعة أيام للقيام ببعض الأبحاث، وبعد ذلك أجرينا نقاشًا في الفصل.

بالنسبة للحكمة، كان الاسم الأكثر شيوعًا بينهم هو يودا. اعترضت على كلامهم قائلًا «ماذا؟» بطريقة هزلية «هل تعنون ما تقولون؟ فهذه إجابة واضحة». ثم قلت لهم إنه وبما أن سنسير في طريق حرب النجوم فأنا أظن أن أفضل شخصية حكيمة هي لوك سكاي ووكر. ولم يكن هذا في البداية بالطبع، ولكن بعد أن تعلم لوك التحكم بمشاعره الخاصة، واكتسب نظرة أعمق في

مشاعر الآخرين، فأصبح هادئًا، رابط الجأش، واستطاع جمع جيدي نايت، الذي كان ذكيًا بما فيه الكفاية ليقضي على الجانب المظلم للقوة. لكنهم لم يقتنعوا بذلك، إذ يبدو أن لوك يحمل جاذبية أقل بالنسبة لمن تقل أعمارهم عن الأربعين مقارنة مع يودا.

أما بالنسبة للعدالة، فقد تحولنا إلى قصة «سجلات نارنيا» (The Chronicles of Narnia) وكان إدموند، الذي أصبح في الواقع الملك إدموند العادل بعد أن استعاد نفسه، هو الخيار الذي أجمع عليه الكل إلى حد ما.

ومن أجل الشجاعة، ذهبنا إلى عالم الأبطال الخارقين حيث نشأ نقاش كبير حول سوبرمان مقابل باتمان. كان سوبرمان كما أوضح الكثيرون شجاعًا جدًّا، ولكنه مرة أخرى، كان منيعًا من كل شيء باستثناء الكريبتونيت (ولكنْ كم من الناس يحمل كريبتونيت في جيبه؟). أما باتمان في المقابل فكان رجلًا عاديًّا معه الكثير من الأدوات التقنية، وكان شجاعًا بكل ما تحمل الكلمة من معنى. إلا أننا لم نصل إلى نتيجة لهذا الجدال الخلافي الذي قد يستمر إلى الأبد.

ثم قمت باستغلال هذه النقاشات المحمومة حول التنافس لإثارة النقاش حول واحدة من قصصي المفضلة وهي: أخيل في مقابل هيكتور. وكانت طريقة ممتعة بالنسبة لي لتقديم هذا الخلاف القديم لمن لم يسمع به أصلًا. قلت لهم إن أخيل كان أعظم أبطال الإغريق، وكانت والدته تعد من آلهتهم، وعندما كان طفلًا، غمسته في نهر ستايكس حتى تجعل جسمه قويًّا لا يقهر، باستثناء كعبه لأنه كان المكان الذي كانت تحمله منه أثناء ذلك. وكما تقول الأسطورة فإن إلهًا آخر قام بصنع الدرع الذي ارتداه أخيل، مما زاد من جعل هزيمته أمرًا أكثر من مستحيل. وفوق ذلك كله كان أخيل المحارب الأكثر تدريبًا على مر العصور؛ أو باختصار كان ذلك الشاب يستمتع القتال! أما هيكتور، من ناحية أخرى، والذي كان بطل الطرواديين، فلم يكن يحب القتال. ولم يكن لديه أم إلهة أو أي إله آخر ليصنع له درعه. وفي الواقع

كان مجرد رجل عادي، لكنه جيد بشكل استثنائي عند القتال بالسيف لاسيما عندما أنقذ بلده عندما غزت ألفُ سفينة يونانية شواطئه.

ثم أخبرت الأطفال عن القتال الملحمي الذي حصل بين أخيل وهيكتور. وكانوا متحمسين جدًّا لسماعه. مَن قال إن الأطفال لا يمكنهم تعلم الكلاسيكيات بعد الآن؟

وكان ضبط النفس الفضيلة النهائية التي ناقشناها. فسألتهم ما الشخصية، سواء من كتاب أو فيلم، التي تجسد بشكل أفضل فن التحكم بالذات؟ التفتنا إلى عالم هاري بوتر لنبحث ذلك. ويبدو أن هاري نفسه كان ذلك الشخص، على الرغم من أنه كان في بعض الأحيان ينتهك القواعد، إلا أنه لم يسئ استخدام سلطاته الفريدة من أجل الكسب الذاتي. فكما قال أحد الطلاب، كان يمكنه أن يستخدم عباءة الخفاء لمائة مرة لفعل أشياء سيئة، لكنه لم يفعل. بدلًا من ذلك، استخدم صلاحياته من أجل الصالح الأكبر. كان هذا هو الدرس العظيم الذي علمتنا إياه مؤلفة القصة جي. كيه. رولينغ.

كان ذلك اليوم يومًا دراسيًّا رائعًا بالنسبة لي، وانطلق بالضبط منذ مشاهدتنا لصبي يرتدي زيًّا للهالوين. وعلى الرغم من أنني قد انحرفت عن المنهج ليوم واحد، إلا أنني أعتقد أن الدروس المستفادة كانت أكثر قيمة من أي شيء في مناهج هذه الأيام.

يحتاج المعلمون إلى حرية التدريس؛ الحرية التي لا يمكنهم الحصول عليها إذا كانوا يُدرِّسون فقط حتى يتمكن طلابهم من اجتياز الاختبارات. أنا متأكد من أن طلابي لن يجدوا أي شيء عن هيكتور في الاختبارات العامة.

كما أنني متأكد بنفس القدر من أن ما تعلموه عن الحكمة والعدالة والشجاعة وضبط النفس قد يظل معهم طوال حياتهم.

- السيد براون

ديسمبر

1 ديسمبر

الثروة تفضل الجريء.

- فيرجيل

2 ديسمبر

من الصعب أن تتخلى عن الطيبة؛ لأنها ستستمر في الرجوع إليك.

- مارسيل بروس

3 ديسمبر

رب عمل بسيط من المعروف كان أفضل من أعظم نية.

– غير معروف

4 ديسمبر

أنا لست خائفًا من العواصف، فما زلت أتعلم كيف أبحر بسفينتي.

- لويزا ماي ألكوت

5 ديسمبر

أفضل ما في حياة الرجل الصالح؛ أفعاله الصغيرة التي لا اسم لها ولا يتذكرها أحد، إنها أفعال اللطف والمحبة.

- ويليام وردزورث

6 ديسمبر

بالمثابرة، وصلت الحلزون في النهاية إلى سفينة نوح.

– تشارلز سبورجون

7 ديسمبر

أعتقد أن كل عقل بشري يشعر بالسعادة عندما يفعل الخير للآخرين.

- توماس جيفرسون

8 ديسمبر

تعلمت أن الحياة مثل الكتاب، وقد يجب علينا في بعض الأحيان الانتهاء من أحد فصوله والانتقال إلى الفصل التالي.

– هانز

9 ديسمبر

أنت كالطير،
فابسط جناحيك
وحلِّق فوق
السحاب.

- مايريد

10 ديسمبر

لا تشرق الشمس من أجل بعض الأشجار والزهور فحسب، بل من أجل بهجة العالم بأسره.

– هنري وارد بيتشر

11 ديسمبر

يمكن لكل أحلامنا أن تتحقق؛ إذا كانت لدينا الشجاعة لمتابعتها.

- والت ديزني

12 ديسمبر

الظلم في أي مكان هو تهديد للعدالة في كل مكان.

– مارتن لوثر كينغ الابن

13 ديسمبر

لستَ أبدًا أكبر سنًّا من أن تضع لنفسك هدفًا آخر أو أن تحلم حلمًا جديدًا.

- سي. إس. لويس

14 ديسمبر

الحياة مثل حلوى الآيس كريم، عليك أن تلعقها مرة كل يوم.

- تشارلز م. شولز

15 ديسمبر

اقبلْ ما لديك وتعاملْ معه جيدًا.

– برودي

16 ديسمبر

لِتكونَ عيونُك جميلةً؛
انظر إلى الخير في الآخرين،
ولتكون شفاهك جميلة؛
تحدَّثْ بكلمات اللطف فقط،
ولتكون مشيتك متناسقة؛
امش وأنت تعلم أنك لست
وحدك أبدًا.

- أودري هيبورن

17 ديسمبر

تكمن الحكمة الحقيقية في جمع الأشياء الثمينة من كل يوم يمر عليك.

- إي. إس. بوتون

18 ديسمبر

لن يحدث شيء
حتى تقوم به أنت.

- مايا أنجيلو

19 ديسمبر

حتى أصغر الناس يمكنه أن يغير مجرى المستقبل.

- جيه. آر. آر. تولكين

20 ديسمبر

تقديم خدمة إلى قلب واحد بفعل واحد؛ أفضلُ من ألف رأس ينحني في صلاة.

- مهاتما غاندي

21 ديسمبر

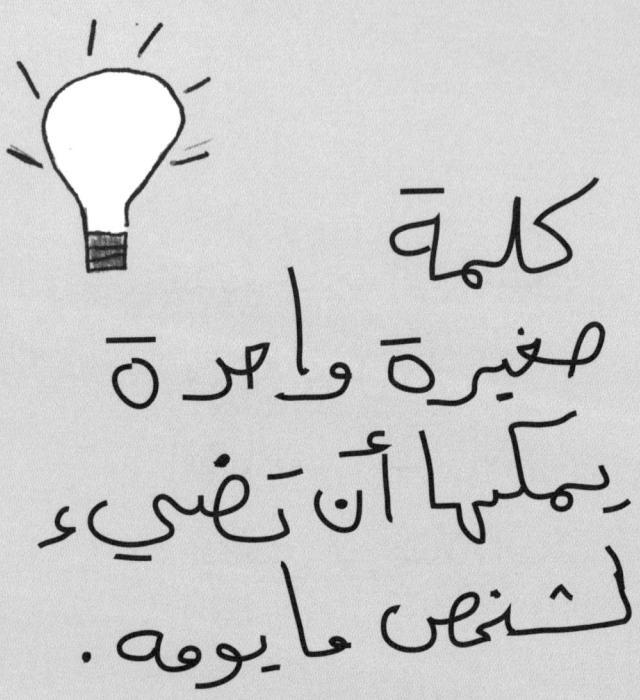

كلمة
صغيرة واحدة
يمكنها أن تضيء
لشخص ما يومه.

– أينسلي

22 ديسمبر

افعل القليل من الخير حيثما كنتَ؛ فما الخير الذي يعم العالم إلا من تجمع تلك الأفعال الصغيرة منه.

– ديزموند توتو

23 ديسمبر

لا تكمن السعادة
في الممتلكات،
ولا في الذهب.
السعادة تسكن في الروح.

- ديموقريطس

24 ديسمبر

لا يكمن الخير
في العظمة،
ولكن العظمة
تكمن في الخير.

- أثنايوس

25 ديسمبر

شعاع شمس واحد يكفي لإبعاد الكثير من الظلال.

- القديس فرنسيس الأسيزي

26 ديسمبر

في خضم سعينا في الحياة، لا يبدو أن هناك ما يستحق الاهتمام سوى شيء واحد؛ أن تقدم الخير للناس.

- غمالايل بيلي

27 ديسمبر

القلب الكبير عازم دومًا على جعل قلوب أخرى تكبر.

- كريستينا

28 ديسمبر

السعادة هي شخص ما تحبه،
وشيء ما تفعله،
وشيء ما تَأْمَلُه.

– مثل صيني

29 ديسمبر

لم نأتِ جميعًا على متن السفينة نفسها، لكننا جميعًا في مركب واحد.

- برنارد باروخ

30 ديسمبر

عش أحلامك، ولكن عندما تبدأ بالتنفيذ، اغرس قدميك بثبات في الأرض.

- نويل كلاراسو

31 ديسمبر

دعونا دائمًا يلقى بعضُنا بعضًا

بابتسامة...

- الأم تيريزا

ألغاز

ديسمبر، نهاية السنة، وبداية عام جديد، هي فرصة للتذكر وفرصة للتطلع إلى الأمام. كان من الجيد أن تواصل معي بعض طلابي السابقين؛ أوجي وسمر وشارلوت وبالطبع، المفاجأة الأكبر لي، جوليان. كان ذلك إلى أن وصلتني هذه الرسالة الإلكترونية القصيرة والبليغة من آموس، أحد تلاميذي من العام الماضي. لقد فاجأنا هذا الولد، الذي كان طفلًا هادئًا عمومًا وليس من الذين يتحدثون في الصف، عندما أتى لإنقاذ أوجي وجاك خلال رحلة مدرسية في أحضان الطبيعة العام الماضي، إذ قاد الدفاع وأظهر قدرات قيادة عظيمة. في بعض الأحيان، لا يعرف الأطفال أنهم قادة حتى يبدؤوا بالقيادة.

عندما تلقيت رسالة البريد الإلكتروني التالية، وجدت إجابة لغز صغير (أعلم أنني لم أكن الشخص الوحيد الذي كان يفكر فيه).

To: tbrowne@beecherschool.edu
Fr: amosconti@wazoomail.com
Subject: أخيرًا - قولي المأثور

مرحبًا سيد براون، آمل أن تكون عطلتك سعيدة! آسف، لم أتمكن من إرسال بطاقة بريدية إليك خلال الصيف. فقد مررت بكثير من الأمور، كما تعلم. ولكن إليك إياها: «لا تحاول أن تجهد نفسك لتصبح شخصًا رائعًا؛ لأن ذلك سينكشف دائمًا، وهذا غير رائع».

ماذا تعتقد؟ رائع، صحيح؟ لن أشرح ما الذي يعنيه هذا القول لأنه واضح تمامًا، أليس كذلك؟

أقصد، ربما تعرف من الذي أتحدث عنه، أليس كذلك؟ ههههه!

لا، جديًّا كان العام الماضي صعبًا يا رجل! الكثير من الدراما! أنا لا أحب الدخول في الدراما عادة. لهذا السبب كنت منزعجًا جدًا وتعبت من تلك الأشياء التي تحدث مع جوليان.

لا يوجد هناك الكثير من الدراما هذا العام، وهو أمر جيد. لا أحد سيزعج أوجي بعد الآن. أعني، قليلًا، ولكن ليس كثيرًا. دعنا نواجه الأمر، فالناس دائمًا

سيحدقون قليلًا. لكن أوجي رجل صغير صعب المراس وليس هناك من يستطيع أن يمسه بسوء بعد الآن.

حسنًا، انظر، سأفشي لك سرًّا صغيرًا. مستعد؟ حسنًا، أنت تعرف كيف تورط جوليان بمشكلة كبيرة بسبب ترك ملحوظات دنيئة في خزانة أوجي، أليس كذلك؟ الجميع يقول إن هذا هو السبب الحقيقي وراء عدم عودة جوليان إلى المدرسة العام المقبل. بل إني سمعت البعض يقولون إنه كان السبب وراء معاقبته بالطرد! على أي حال، فإن اللغز الكبير هو: كيف عرف السيد توشمان بأمر الملحوظات؟ أوجي لم يخبره. جاك لم يخبره. سمر لم تخبره. جوليان لم يخبره. مايلز لم يخبره. وكذلك هنري لم يخبره. هل تعرف كيف عرفت أنا ذلك؟ ذلك بسبب... دعونا نسمع صوت الطبل هنا... لقد كان ذلك مني! أنا الشخص الذي أخبر السيد توشمان عن الملحوظات. لم تكن لتتوقع هذا، أليس كذلك؟

لكن اسمح لي أن أشرح لك قليلًا. فما حدث هو أن هنري ومايلز كانا يعلمان أن جوليان كان يترك الملحوظات الدنيئة لأوجي. لقد حدثاني عن هذه الملحوظات لكنهما جعلاني أقسم ألا أخبر أحدًا بذلك. ولكن بعد أن أخبروني، اعتقدت أنه كان شيئًا مقززًا بشكل كبير أن يكون جوليان لئيمًا بهذا القدر مع أوجي. كان نوعًا من التنمر. وعلى الرغم من أنني أقسمت لهنري ومايلز أنني لن أقول أي شيء، فقد كنت بحاجة لإخبار توشمان عن ذلك حتى يتمكن من القيام بشيء ما لحماية أوجي. مهلًا، فأنا مؤازر له ولست متفرجًا! الصغار مثل أوجي يحتاجون إلى شباب مثلي لمواجهة الأمر، أليس كذلك؟

هذه هي القصة، سيد براون، لكن لا تخبر أحدًا! فأنا لا أريد أن أكون متهمًا بأنني «مخبر»، كما تعلم. ولكن مرة أخرى، أنا أعتقد أنني غير مهتم حقًّا. لأنني أعلم أنني فعلت الشيء الصحيح.

ابق دافئًا سيد براون! فالجو بارد هناك!

نعم، ربما يكون الجو باردًا هناك، لكن هذا أدفأ قلبي تمامًا. يجب أن أعترف: لم أكن أتوقع ذلك إطلاقًا. لكن ذلك يُظهر أن كل شخص لديه حقًّا قصة يرويها. ومعظم الناس، على الأقل في تجربتي، أكثر نبلًا مما يعتقدون.

– السيد براون

شكر وتقدير

كان للكثير من الأشخاص يد في صنع هذا الكتاب. أود، أولًا وقبل كل شيء، أن أقر بالمساهمة المذهلة للأطفال الذين أرسلوا لي أقوالهم المأثورة، سواء انتهى بأقوالهم الأمر إلى إدراجها في هذا الجزء من الكتاب أو لا. كان هناك أكثر من 1200 مشاركة أرسلها أشخاص من جميع أنحاء العالم، والمدرج منها في هذا المجلد هي تلك التي اعتقدت أنها أفضل ما يمثل روح مبادئ السيد براون. فالأقوال المأثورة ليست مجرد مفاهيم أو اقتباسات جميلة، إنها كلمات يجب أن نحياها، لترقى بالروح، وتحتفي بالخير في الناس.

أود أيضًا أن أشكر زوجي راسل وَوَلَدَيْنَا؛ كالب وجوزيف، لمساعدتي في الاطلاع على جميع الطلبات المقدمة، واحدة تلو الأخرى، وعلى حكمتهما وبصيرتهما ودعمهما وحبهما في كل الأمور والأحوال. لم أستطع فعل أي شيء دونكم يا رفاق!

شكرًا لك أليسا إيسنر هينكين من ترايدنت ميديا، كان العمل معك مذهلًا على كافة المستويات. شكرًا لك إيرين كلارك، محررة كتابي «أعجوبة» الرائعة، ونانسي هينكل، ولورين دونوفان، وجوديث أوت، وباربرا ماركوس، والفريق المذهل في راندوم هاوس. وشكر خاص لجانيت وإيغال، ودايان جواو، وآرتي بينيت على القيام بمثل هذا العمل المدهش في التحرير ومساعدتي في الحصول على الكثير من هذه الاقتباسات.

شكرًا، كما هو الحال دائمًا، للمعلمين وأمناء المكتبات الذين ألهموني كثيرًا، والذين يستمرون في إلهام الأطفال كل يوم. أنتم الأعجوبة الحقيقية في هذا العالم.

المساهمون في النسخ الأصلية، والأعمال الفنية، والخطابات

2 يناير: روالد دال، ساهم به نيت، 10 سنوات، بروكلين، نيويورك.

11 يناير: بول براندت، ساهم به إيليا، 13 عامًا، ريجينا، ساسك، كندا.

26 يناير: اقتباس أوسكار وايلد، ساهم به فيث، غرينزبورو، إن سي.

31 يناير: القول المأثور الأصلي من دومينيك، بينينجتون، فيرمونت.

4 فبراير: القول المأثور الأصلي من ماديسون، 11 عامًا، بورت جيفرسون، نيويورك.

7 فبراير: القول المأثور الأصلي من إميلي، 11 عامًا، محطة بورت جيفرسون، نيويورك.

10 فبراير: القول المأثور الأصلي من ريبيكا، 10 سنوات، تروي، ميشيغان.

13 فبراير: القول المأثور الأصلي من قبل لندساي، 11 عامًا، تروي، ميشيغان.

16 فبراير: اقتباس لويد جونز، ساهم فيه ليام، البالغ من العمر 13 عامًا، ريجينا، كندا.

17 فبراير: القول المأثور الأصلي لجاك، 11 عامًا، هدسون، ماساشوستس.

23 فبراير: القول المأثور الأصلي لشرييا، 10 سنوات، تروي، ميشيغان.

5 مارس: القول المأثور الأصلي لأنتونيو، 11 عامًا، سان رامون، كاليفورنيا. العمل الفني من جوزيف جوردون.

7 مارس: رالف والدو إيمرسون، اقتباس ساهمت به لينه، 13 عامًا، ريجينا، ساسك، كندا.

13 مارس: مساهمة هنري ستانلي هاسكينز من قبل ديكون، 12 عامًا، ريجينا، ساسك، كندا.

18 مارس: القول المأثور الأصلي من قبل كيت، 10 سنوات، ناشفيل، تين.

19 مارس: القول المأثور الأصلي لإيزابيل، 10 أعوام، واشنطن العاصمة.

21 مارس: القول المأثور الأصلي من قبل ماثيو، 11 عامًا، لانوكا هاربور، نيوجيرسي.

22 مارس: القول المأثور الأصلي من قبل توماس، سانت جورج، يوتا.

24 مارس: المثل الصيني ساهم به ناثان، 13 عامًا، ريجينا، ساسك، كندا.

25 مارس: القول المأثور الأصلي من إيلا، باي فيليدج، أوهايو.

31 مارس: القول المأثور الأصلي لكيلر، 10 أعوام، ميريك، نيويورك.

5 أبريل: القول المأثور الأصلي لديلاني، 10 سنوات، ميناء لانوكا، نيوجيرسي.

6 أبريل: اقتباس المهاتما غاندي ساهمت فيه روزماري، 10 سنوات، ناشفيل، تينيسي.

11 أبريل: فينس لومباردي، ساهم فيه زاكاري، 13 عامًا، ريجينا، ساسك، كندا.

13 أبريل: القول المأثور الأصلي لروري، 11 عامًا، شيكاغو، إيلينوي.

16 أبريل: اقتباس من زيغي ساهمت به كيت، 11 عامًا، شيكاغو، إلينوي.

17 أبريل: عمل فني لماثيو، 11 عامًا، جاكسون هايتس، نيويورك.

19 أبريل: القول المأثور الأصلي لآنا، 10 سنوات، غلينفيو، إيلينوي.

5 مايو: اقتباس فينس لومباردي من إيما، 10 سنوات، درسدن، أوهايو.

7 مايو: القول المأثور الأصلي لجريس، 12 عامًا، كروتون أن هادسون، نيويورك.

14 مايو: القول المأثور الأصلي من قبل داستن، بينينجتون، فيرمونت.

16 مايو: القول المأثور الأصلي لجافين، 10 أعوام، ويلميت، إيلينوي.

21 مايو: القول المأثور الأصلي لسريشتي، 10 أعوام، تروي، ميشيغان.

27 مايو: القول المأثور الأصلي من فلين، 10 أعوام، بودوينهام، ماين.

28 مايو: القول المأثور الأصلي لمادلين، 11 عامًا، كيبيك، كندا.

4 يونيو: اقتباس بوب مارلي من أنجلينا، 11 سنة، جاكسون هايتس، نيويورك.

16 يونيو: القول المأثور الأصلي لكلير، 11 عامًا، كلية ستيت، بنسلفانيا.

17 يونيو: القول المأثور الأصلي من قبل جوش، 10 سنوات، تروي، ميشيغان.

25 يونيو: القول المأثور الأصلي من قبل إيما، 11 عامًا، كروتون أون هدسون، نيويورك.

26 يونيو: القول المأثور الأصلي من باكو، 26 عامًا، البرازيل.

30 يونيو: القول المأثور الأصلي من قبل كاليب، 17 عامًا، بروكلين، نيويورك.

12 يوليو: قول مأثور غير معروف ساهمت به جوليا، 10 سنوات، تروي، ميشيغان.

15 يوليو: اقتباس أنتوني روبنز ساهم فيه كول، 14 سنة، ريجينا، ساسك، كندا.

20 يوليو: القول المأثور الأصلي من قبل ماي، 11 عامًا، ماربلهيد، ماس.

23 يوليو: النص الأصلي من قبل ماتيا، 12 سنة، ريجينا، ساسك، كندا.

5 أغسطس: عمل فني لأشلي، 11 عامًا، جاكسون هايتس، نيويورك.

10 أغسطس: اقتباس من دوغ فلويد ساهم فيه آبي، 10 سنوات، ماريك، نيويورك.

26 أغسطس: القول المأثور الأصلي من قبل آفا، 11 سنة، بلاكستون، ماساشوستس.

30 أغسطس: عمل فني من قبل علي، 11 عامًا، جاكسون هايتس، نيويورك.

8 سبتمبر: قول مأثور غير معروف ساهمت به سامانثا، 13 عامًا، ريجينا، ساسك، كندا.

13 سبتمبر: القول المأثور الأصلي من زوي، غرينزبورو، نورث كارولينا.

16 سبتمبر: القول المأثور الأصلي من قبل ألكسيس، 10 سنوات، كيبيك، كندا.

24 سبتمبر: مثل ساهم به تايلر، 10 سنوات، درسدن، أوهايو.

26 سبتمبر: القول المأثور الأصلي من قبل رايلي، 10 سنوات، سانت جورج، يوتا.

29 سبتمبر: القول المأثور الأصلي من قبل إليزابيث، 9 سنوات، ناشفيل، تنيسي.

3 أكتوبر: القول المأثور الأصلي لجون، 10 سنوات، ويست وندسور، نيوجيرسي.

5 أكتوبر: الدكتور سوس ساهمت فيه كاثرين، غرينزبورو، نورث كارولينا.

14 أكتوبر: القول المأثور الأصلي لدانييل، 12 عامًا، ميونخ، ألمانيا.

22 أكتوبر: قول مأثور غير معروف ساهم به نيت، 10 سنوات، بروكلين، نيويورك.

3 نوفمبر: القول المأثور الأصلي لكلارك، 12 عامًا، ريجينا، ساسك، كندا.

8 نوفمبر: القول المأثور الأصلي من قبل جيه. جيه.، سكوتش بلينز، نيوجيرسي.

14 نوفمبر: تايلور سويفت بمساهمة من نيكي، 17 عامًا، إيست برونزويك، نيوجيرسي.

20 نوفمبر: القول المأثور الأصلي من هيلي، 11 عامًا، شيكاغو، إلينوي.

21 نوفمبر: اقتباس من البؤساء ساهمت به كاثرين، 11 سنة، سان دييغو، كاليفورنيا.

27 نوفمبر: القول المأثور الأصلي من قبل نيكولاس، 10 سنوات، كلية ولاية بنسلفانيا.

29 نوفمبر: القول المأثور الأصلي لجوزيف، 9 سنوات، بروكلين، نيويورك.

8 ديسمبر: القول المأثور الأصلي لهانز، 13 عامًا، ريجينا، ساسك، كندا.

9 ديسمبر: القول المأثور الأصلي من مايريد، 11 سنة، فرانكلين، ماساشوستس.

13 ديسمبر: س. لويس، مساهمة من شيديادي، 12 سنة، ريجينا، ساسك، كندا.

14 ديسمبر: تشارلز م. شولز ساهم به داني، 14 عامًا، إيست برونزويك، نيوجيرسي.

15 ديسمبر: قول مأثور أصلي من برودي، 10 سنوات، نهر فوركيد، نيوجيرسي.

21 ديسمبر: القول المأثور الأصلي من أينسلي، 10 سنوات، ليكفيو، نيويورك.

27 ديسمبر: القول المأثور الأصلي من قبل كريستينا، الباسو، تكساس.

31 ديسمبر: عمل فني أصلي: ثعلب من كيفن، 11 عامًا، جاكسون هايتس، نيويورك. وبطة من براسانشا، 11 عامًا، جاكسون هايتس، نيويورك.

شكر خاص لنيكي مارتينيز وداني مارتينيز وجوزيف جوردون لمساعدتهم في تقديم رسومات فنية إضافية.

ملاحظة حول المصادر: تم أخذ كل التدابير الممكنة في الاعتبار للتأكد من أن جميع الاقتباسات في هذا الكتاب قد نسبت لمصادرها الأصلية. ومع ذلك، وعلى مر القرون، فإن الأمثال القديمة كانت لها وسيلتها لإعادة الظهور من حين إلى آخر مع الاختلاف في الصياغة أو الترجمة. وفي هذا الكتاب ينسب الاقتباس الشهير أو القول المأثور عادة إلى شخص معين دون اختلاف ويستخدم في ذلك الإسناد الأكثر شيوعًا، حتى وإن لم يمكن التحقق من مصدره الأصلي. أما إذا حصل خلاف في بعض الأحيان حول اقتباس ما فيستخدم عند الإسناد عبارة «غير معروف».